*Edición*: Helena Pérez

*Deseño da cuberta e interiores*: Miguel A. Vigo

*Maquetación*: Helena Pérez

*Montaxe fotográfica da cuberta*: Antonio Seijas

*Produción*: Antón Pérez


1ª edición: abril, 2000
13ª edición (revisada polo autor;
actualizada na normativa 2003): febreiro, 2009
17ª edición (texto renovado polo autor): outubro, 2012
18ª edición: xaneiro, 2014
19ª edición: novembro, 2014


© Agustín Fernández Paz, 2000
© Edicións Xerais de Galicia, S. A., 2000
Dr. Marañón, 12. 36211 VIGO.


http://www.xerais.es
www.xerais.gal
xerais@xerais.es


ISBN: 978-84-9914-431-3
Depósito legal: VG 498-2012

# Aire negro

## Agustín Fernández Paz

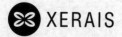 XERAIS

A mitoloxía non ten unha procedencia exterior, non é un feito empírico. Se estes monstros, estas entidades imaxinativas, non figurasen nos nosos soños, como non existen no mundo exterior, xamais os descubririamos.

*Os complexos e o inconsciente,*
CARL GUSTAV JUNG

Unha sombra insaciable de aparencia espléndida, de realidade terrible, unha sombra máis escura que as sombras da noite…
… parecía conducir directamente ao corazón das inmensas tebras.

*O corazón das tebras*, JOSEPH CONRAD

… nin me abandonarás nunca,
sombra que sempre me asombras.

«Negra sombra», ROSALÍA DE CASTRO

QUIZAIS chegou o momento, aínda que me resista a recoñecelo, de abandonar os meus esforzos por esquecer o inesquecible e afrontar dunha vez por todas a realidade, aceptar a existencia deste verme que me devora por dentro e que, co paso dos días, non fai máis que medrar e medrar. Se é certo que a escrita é unha terapia liberadora, como tantas veces eu lles teño explicado aos meus pacientes, relatar aquí os sucesos que, por máis que o intento, non podo botar fóra de min, servirá para liberarme deste espanto e destas obsesións que medran no meu cerebro como lianas. Talvez así poida atopar por fin o sosego que levo perseguindo inutilmente desde hai tres anos.

Vai ser doloroso escribir estas páxinas. Obrigaranme a afondar no meu fracaso, a recoñecer o esfarelamento de tantas esperanzas e proxectos, a revivir o que ocorreu naqueles meses aciagos. Mais é necesario facelo, recordalo todo, desde os días felices en que parecía imposible chegar a unha situación así. Quen podía adiviñar entón que os ollos de Laura, eses ollos que están no inicio das miñas desventuras, eran a porta dun abismo onde me ía mergullar ata as profundidades en que agora me atopo?

Coñecín a Laura Novo o 12 de setembro de 1999. Éme imposible esquecer a data, porque foi ese día cando comecei a traballar na Clínica Beira Verde, o prestixioso centro psiquiátrico situado no Baixo Miño, nun lugar próximo á fronteira con Portugal. Acababa de facer trinta e dous anos e tiña a seguridade de que con aquel primeiro emprego, que satisfacía todas as miñas expectativas profesionais, pechaba de xeito definitivo a etapa de formación e abría un novo e estimulante capítulo na miña vida.

Desde sempre, desde os meus anos adolescentes, cando lera cunha mestura de curiosidade e paixón os libros de Sigmund Freud que o meu pai tiña na biblioteca, sentira unha fascinación especial pola ciencia psiquiátrica, onde me parecía que confluían harmonicamente as dimensións científica e humanística do coñecemento humano. Penetrar nos segredos da mente, nos recantos máis íntimos onde as grandes paixóns teñen cabida —amores, odios, celos, xenreiras, obsesións…—, e facelo cun sólido aparello científico detrás, producíame unha emoción que eu coidaba semellante á que se debía de experimentar nas grandes expedicións científicas do século XIX, con aqueles exploradores que non dubidaban en arriscaren vida e fortuna, movidos pola obsesión de chegar aos máis afastados lugares do planeta.

O meu currículo testemuñaba a miña entrega apaixonada ao coñecemento. Rematei os estudos na facultade de Medicina con resultados magníficos, e o mesmo ocorreu cos longos anos de médico residente no hospital e os posteriores cursos de especialización que fixen nos centros europeos máis prestixiosos. Tiven insistentes ofertas para incorporarme á universidade, mais non dubidei ao rexeitalas. O que eu anhelaba non era a investigación teórica, senón o contacto directo cos pacientes; coidaba que as teorías só tiñan sentido se servían para entender mellor as complexidades da mente e axudaban a curar os trastornos das persoas que os sufrían.

Os períodos de prácticas vividos nos diversos hospitais foran inesquecibles, a confirmación de que aquel era o labor que me gustaba, aínda que me molestase ter sempre outra persoa por riba de min, controlando o meu traballo e vixiando que non me afastase dos camiños establecidos de antemán. Pero ben sabía que aquel era o prezo que se me esixía a cambio de poder experimentar e adquirir os coñecementos que ningún libro podería nunca ensinarme.

Con estes antecedentes, a ninguén lle pode estrañar a emoción e o nerviosismo que sentía aquela tarde de setembro cando aparquei o coche no espazo reservado para os membros do equipo médico. Quen coñeza algo do mundo da psiquiatría sabe que a Clínica Beira Verde é un caso á parte no tratamento das enfermidades mentais, unha illa de liberdade onde se investigan e se ensaian procedementos que permiten obter éxitos alí onde outros fracasan. As páxinas de revistas prestixiosas como *The Psychoanalytic Review* e *The International Journal of Psy-*

*choanalysis* acollen con regularidade artigos e experiencias asinadas por algúns dos profesionais que nela traballan.

Por dicilo con poucas palabras: trátase dunha clínica excelente, con todos os adiantos materiais e cunha avanzadísima concepción do traballo psiquiátrico. Non en van está dirixida por Hugo Montenegro e Elsa von Frantz, quizais as dúas figuras máis relevantes da psiquiatría europea de hoxe. Por iso, cando souben da praza que se ofertaba na clínica presenteime ás probas de selección sen dubidalo, coa confianza cega de que aquel ía ser o meu lugar de traballo no futuro. A notificación de que se me aceptaba para o posto supuxo unha das grandes alegrías da miña vida, pois por fin vía cumpridos os meus maiores soños.

Lembro que aquel día me recibiu o doutor Montenegro en persoa, unha deferencia coa que non contaba e que me confirmou a súa inmensa humanidade. Despois de me presentar algúns dos que ían ser os meus compañeiros de traballo, ofreceuse a ensinarme as diversas instalacións do centro. Todo o que diga aquí sobre elas será insuficiente, porque semella imposible que poida existir algo mellor.

O lugar onde están radicadas é unha marabilla. O edificio principal, un pazo exemplarmente restaurado, atópase a poucos quilómetros da vila de Goián, na aba dun outeiro que baixa suavemente ata as beiras do Miño, xusto fronte ás pequenas illas da Boega e Vacariza, e con Vila Nova de Cerveira ollándonos desde a banda portuguesa. Trátase dunha construción cargada de historia, unha xoia representativa da mellor

arquitectura civil do barroco galego. Segundo souben
máis adiante, fora edificado sobre os restos dunha vella
fortaleza do século XIV, da que apenas quedaba nada.
O pazo databa de mediados do século XVIII e per-
tencera desde sempre ao señorío de Goián e Cerveira,
unha familia fidalga que, co paso dos anos, acabara es-
borrallando todo o seu patrimonio e malvendendo as
derradeiras propiedades que lle quedaban.

O clima e a beleza do contorno foran dúas das ra-
zóns que os doutores valoraran á hora de elixir o pazo
como o lugar onde levar á práctica as súas teorías. Res-
tauraran o edificio sen repararen en gastos e ampliárano
con outras instalacións anexas, destinadas ás funcións
que non tiñan cabida no pazo. Se o exterior era unha
marabilla, coas dúas torres laterais e a señorial escalina-
ta da entrada, tamén eran admirables os interiores, que
foran remodelados para adaptalos aos novos usos do
edificio. Os cuartos dos pacientes, luminosos e alegres,
estaban deseñados cun estilo minimalista e dotados de
mobiliario cómodo e funcional. Había ademais nume-
rosos espazos comunitarios, con acolledores ambientes
que invitaban ao diálogo.

De todo o conxunto, impresionáronme especial-
mente os amplos xardíns de estilo francés, onde salien-
taban unhas xigantescas palmeiras centenarias, así
como o extenso arboredo posterior, que ocupaba a
parte máis alta do outeiro e se prolongaba pola ladeira
oposta ata os eidos cultivados do val. Cantas veces non
camiñei por aquel bosque! Ao percorrer os carreiros
abeirados de castiñeiros e carballos tiña a sensación,

malia estar a poucos quilómetros de Vigo, de que me internaba nalgunha das escasas fragas solitarias que aínda se poden atopar no interior do noso país.

O doutor Montenegro ensinábame as instalacións con orgullo non disimulado. Supoño que, aínda que fose dun xeito inconsciente, desexaba transmitirme a idea de que traballar alí era un privilexio, unha oportunidade única que non debía desprezar.

—Coñezo ben o seu expediente, doutor Moldes, fun eu quen presidín o comité de selección –comentoume, mentres visitabamos a piscina climatizada–. Confesareille un segredo: o que me fixo decidirme por vostede non foron as súas cualificacións, senón o seu afán de coñecer, ese ímpeto vital que se adiviña a través da frialdade dos datos do seu currículo.

—A que se refire exactamente? –preguntei, entre compracido e intrigado.

—Verá, había outros expedientes máis brillantes que o seu; esta praza era moi cobizada e presentouse xente cunha alta preparación. Mais… como lle diría?, todos eran expedientes previsibles, que obedecían a unha liña marcada de antemán. A través deles, case se podía adiviñar o que esas persoas farán durante toda a súa vida profesional.

Quizais o doutor agardaba que eu lle preguntase algo máis, dada a ambigüidade das súas palabras. Pero permanecín calado, á espera de que continuase co que me quería dicir.

—Non me mal interprete, querido amigo –engadiu, despois dun tempo de silencio–. A súa traxectoria

14

tamén é moi brillante, pode estar ben orgulloso dela. Pero, a estas alturas, coincidirá comigo en que as cualificacións académicas, por si soas, non son garantía de nada. O que me interesou de vostede foron outros aspectos: o seu interese polos máis diversos eidos do saber, a súa amplitude de lecturas, a vontade investigadora sen pecharse a nada... Eses detalles aparentemente menores, que sinalan unha profunda paixón por coñecer todas as facetas que a vida encerra.

Agradoume escoitar as palabras do doutor; recoñecíame naquel retrato apresurado que trazara de min, e así llo fixen saber. Non obstante, non acababa de entender por que esa faceta fora decisiva para a miña elección.

—A ciencia psiquiátrica precisa dun pulo novo que rompa coa falsa idea de que xa coñecemos todo sobre a mente, de que chegamos ao final do camiño que os grandes mestres iniciaron —contestoume o doutor Montenegro—. Estamos demasiado seguros de nós mesmos, coma se xa houbese unha resposta para cada un dos problemas que se nos presentan. E non é así; como vai ser así, se a mente humana é tan enigmática e insondable coma o espazo interestelar. Lembre as palabras de Jung, tan suxestivas: «A parte da mente en que se producen os símbolos, de verdadeira e descoñecida complexidade, está aínda virtualmente inexplorada.» Actuamos coma se o cerebro humano fose un territorio coñecido, cando aínda é para nós unha selva tan impenetrable como o era a Amazonia para os primeiros exploradores que se internaron nela.

Por iso precisamos de persoas que non teñan medo a percorrer novos camiños.

Mentres falaba, fora guiándome ata unha das novas dependencias das instalacións anexas, que aínda non visitaramos. En contraste coa luminosidade das outras, esta lembraba vagamente un búnker, con paredes compactas onde só se abrían algúns estreitos fachinelos. Ao entrarmos, o doutor díxome:

—A mellor proba do que lle acabo de dicir témola aquí. Esta construción alberga seis celas de seguridade, reservadas para aqueles casos en que a ciencia se mostra incapaz de atopar nin a máis pequena resposta. É a constatación do noso fracaso, da insuficiencia do noso coñecemento do psiquismo humano. Xa o ve vostede: sólidos muros, fiestras inaccesibles, portas blindadas; todo coma se fose unha prisión de alta seguridade. Aínda que non o é, estou sendo inxusto comigo mesmo, porque o que buscamos con estas medidas é a protección da vida dos pacientes.

Quedei mudo, sen saber que dicir ante o que contemplaba. Aquela era a outra cara da realidade, o lado escuro, que contrastaba agudamente coas instalacións avanzadas que visitaramos antes.

—As seis celas están equipadas con todos os elementos propios deste tipo de instalacións –explicoume o doutor–. Paredes acolchadas, mobles especialmente deseñados, vixilancia permanente a través dun circuíto pechado de televisión… Son espazos pensados para albergar os enfermos violentos ou con tendencias suicidas, aos que é mester vixiarmos día e noite.

—E quen está nelas?

—Oh, felizmente, témolas todas baleiras, agás esta –o doutor achegouse á primeira das portas situadas a ambos lados do corredor central e fíxome un aceno, indicándome que o seguise–. Nela temos unha enferma que leva con nós algún tempo, logo vai haber tres meses que chegou á clínica. Tres meses en que apenas houbo avances dignos de sinalar, malia os desvelos de todo o equipo. É o noso caso imposible, o recordatorio de que non somos os coñecedores da mente que ás veces coidamos ser.

O doutor Montenegro correu o pasador da xaneliña que había na porta e abriuna. Botou unha ollada fugaz ao interior e, deseguido, invitoume a mirar a min.

Eu coñecía ben aquel tipo de instalacións; xa vira outras semellantes nos hospitais onde estivera, aínda que non fosen tan sofisticadas coma aquela. Mais apenas reparei en ningún detalle da cela, porque decontado os meus ollos se centraron na persoa que a ocupaba. Tratábase dunha muller nova, había ser da miña idade, de corpo delgado, vestida cunha camiseta azul e uns pantalóns anchos, de cor gris. Nos pés, unhas sinxelas alpargatas de cor branca. O que máis salientaba nela, nunha primeira ollada, era o seu pelo intensamente roxo, recollido nunha cola feita de xeito descoidado que apenas conseguía suxeitar as longas guedellas rizadas. Sorprendinme pensando que aquela muller era moi guapa, unha reacción que xulguei inadecuada naquel contexto. Estaba sentada nunha cadeira, debruzada ante unha mesa ateigada de papeis, escribindo dun xeito compulsivo, cunha impaciencia febril, coma se a vida enteira dependese do que estaba a anotar naqueles folios.

Nun momento dado debín facer algún ruído na porta, porque a muller ergueu a vista e mirou en dirección á abertura, cunha ollada que non poderei esquecer. Entón foi cando por primeira vez puiden ver os seus ollos, uns ollos que aínda hoxe, se cerro os meus, seguen a fitarme desde o fondo do meu cerebro, coa mesma intensidade con que o facían aquela tarde.

Calquera outra consideración sobre o seu corpo quedou anulada decontado por aqueles ollos. O que me chamou a atención neles non foi a súa beleza, e iso que eran moi atraentes, senón o desacougo e a angustia que transmitía a súa mirada. Non era medo nin tristeza, senón algo máis profundo e inexplicable, coma se todo o espanto que unha persoa pode concibir estivese concentrado no fondo daqueles ollos.

Ergueu a vista, como dixen, e quedou fitando para o oco da xanela; fitándome a min, falándolles aos meus ollos, coma se quixese comunicarme o seu horror a través daquela mirada silenciosa, pero chea de significados. Éme difícil expresar o que sentín, non atopo as palabras axeitadas para describilo; foi coma se unha corrente eléctrica me traspasase de arriba a abaixo, tal coma se un raio invisible alcanzase a miña alma e a desfixese en mil anacos.

Afasteime da porta, trastornado aínda pola forza daquela mirada. Por uns momentos, esquecín o lugar onde estaba e o que facía nel. Sentíame perdido, incapaz de articular ningunha palabra. O doutor tampouco non comentou nada, quizais adiviñaba a conmoción que eu sentía por dentro, e botou a andar polo corredor adiante, camiño da porta de saída.

—Agarde, doutor, non teña tanta présa –acertei a dicir–. Esa muller… esa muller estaba a escribir cunha paixón que non é habitual, coma se a súa vida dependese dunhas poucas palabras.

—Oh, tamén a nós nos sorprendeu a súa paixón pola escrita, ese esforzo que a leva a estar horas e horas enriba do papel, un día detrás doutro, incansable –respondeume. Por un instante, pareceume ver un brillo cómplice na súa ollada–. Pero quizais ocorre o mesmo que cando un parafuso está pasado de rosca, que por máis voltas que se lle dean nunca se move do sitio. Gustaríalle ver o que está escribindo?

—Gustaríame, si, aínda que quizais non sexa… –o que menos desexaba eu naquel momento era entrar na cela, interromper o labor daquela muller; sería como violentar a súa intimidade, sen nada que o xustificase. Pero o doutor, que debeu adiviñar os meus pensamentos, interrompeume decontado.

—Oh, non se preocupe; non era a miña intención entrar na cela. Dispoñemos doutros recursos máis eficaces. Veña comigo.

Diriximonos a un cuarto que había preto da porta de saída. Dentro, un home e unha muller, co uniforme do persoal da clínica, atendían un complexo cadro de mandos. Axiña comprendín que estabamos na sala desde

19

onde se controlaba o circuíto pechado de televisión. Varias pantallas acesas mostraban o interior da cela que eu acababa de ver, desde distintos ángulos. En todas elas, como unha figura que se repetía en diferentes encadres e tamaños, aparecía aquela muller de cabeleira vermella.

Despois de presentarme os dous empregados, o doutor Montenegro dirixiuse ao home:

—Enfócanos o que está escribindo a paciente, Henrique. O doutor Moldes ten interese en ver qué redacta con tanto ímpeto.

O empregado manipulou os mandos da mesa. Unha das cámaras cenitais iniciou un zoom de achegamento, que só se detivo cando nunha das pantallas apareceu o folio onde a muller escribía naquel momento. A caligrafía era grande, non resultaba difícil descifrar as palabras contidas no papel.

O meu abraio foi enorme, nin remotamente esperaba o que naquel momento podía ler. Porque todo o folio, que a muller estaba xa a piques de rematar, aparecía cuberto por dúas palabras que, liña tras liña, se repetían ata a exasperación: Laura Novo, Laura Novo, Laura Novo, Laura Novo…

Sen darme tempo a me recuperar da miña sorpresa, o doutor abriu un armario arquivador, coas portas de cristal opaco, e deixou á vista os estantes ateigados con columnas de folios. Colleu uns cantos dunha delas e ofreceumos:

—Velaquí unha escolma da súa produción literaria durante o tempo que leva con nós. Pode examinala, se o desexa.

Collín as follas. Todas elas estaban escritas coa mesma caligrafía nerviosa, feita con tanta presión que se podía seguir coas xemas dos dedos polo reverso. E en todas o mesmo nome, Laura Novo, repetido centos e centos de veces naquela morea de papeis.

—Leva así desde hai semanas. Nós limitámonos a facilitarlle os lapis e os folios que necesita. E, ao remate do día, recollemos a produción literaria da xornada. Polo de agora, estes son os únicos resultados.

Pareceume unha escena patética, cargada de violencia e amargura. Tiña ante min unha traxedia secreta á que eu asistía como espectador involuntario. Veume á cabeza a imaxe dun náufrago en alta mar, suxeito a unha táboa exposta á furia das ondas, cada vez cunha angustia maior, soportando o paso das horas agarrado á súa madeira solitaria. Así se debía sentir aquela muller, aferrada con desesperación ao seu nome, quizais o único que lle quedaba despois dalgún ignorado naufraxio.

—Laura Novo. É o seu nome, non si? –a pregunta era unha simpleza, pero necesitaba dicir algo para disimular o meu desconcerto–. Gustaríame saber algo máis sobre o seu caso.

Se quedase calado, se daquela non manifestase interese ningún, quizais agora estaría noutra situación ben distinta, lonxe deste horror que me roe sen descanso desde hai tres anos. Pero o que dixen daquela non fixo máis que preparar o camiño para as palabras do doutor Montenegro:

—Axiña saberá máis de Laura Novo, doutor Moldes, porque ela vai ser a súa primeira paciente. Contará coa miña supervisión constante, claro está. Vostede trae ideas novas, e quizais sexa capaz de atopar a luz onde nós non vimos fenda ningunha.

A proposta colleume desprevido e fiquei mudo, sen saber que dicir. O doutor debeu pensar que me asustaba a encarga e engadiu:

—Ben sei que se trata dun reto difícil, pero quizais sexa vostede a única persoa que pode, coa súa paixón polo saber, atopar unha solución que se afaste dos camiños establecidos. Ordenarei que lle fagan chegar canto antes o seu historial clínico. Sorte, amigo Víctor, e benvido á Clínica Beira Verde!

Sen máis, acompañoume ata a porta e deume a man en sinal de despedida. El marchou cara ao seu despacho e eu dirixinme ao edificio principal, onde xa me agardaba o administrador para indicarme as dependencias que me reservaran. Aínda que me parecía que todo ía moi rápido, sentíame contento polo rumbo que estaban tomando os acontecementos, notaba dentro de min esa impaciencia febril que precede ás épocas de grande actividade. Que pouco sospeitaba daquela que as primeiras fendas da traxedia, case imperceptibles, estaban abríndose xa por baixo dos meus pés!

# Capítulo 2

O apartamento onde ía vivir nos vindeiros meses estaba situado na torre da ala esquerda do edificio principal. Tiña un pequeno dormitorio, co seu cuarto de baño, e unha espazosa sala, moi luminosa, que tamén podía servir de lugar de traballo se algún día non desexaba baixar ata o meu despacho da primeira planta. Desde a ampla fiestra da sala podía ver os campos de viñas que se estendían polas terras que rodeaban o pazo, así como pequenos prados e algunhas masas de bosque. Se miraba ao sur, máis alá dos xardíns, o que divisaba eran as augas mainas do Miño e, na outra beira, a liña verde que sinalaba o comezo das terras de Portugal. Atopábame nun lugar magnífico, e resultaba doado adiviñar que a miña estadía na clínica ía ser unha experiencia inesquecible.

Estaba acabando de ordenar as miñas pertenzas, cando recibín a visita dunha enfermeira que me entregou unha grosa carpeta azul. «O director encargoume que lle achegase isto. É o historial de Laura Novo», díxome antes de retirarse. Sorprendido por tanta rapidez, decidín deixar os arranxos para máis tarde e examinar canto antes aqueles papeis. Así que sentei nunha butaca e quitei da carpeta todo o que contiña, esparexéndoo encol da mesa.

Había un longo informe coa biografía da paciente, acompañado de numerosos documentos complementarios. Logo, nun portafolios, estaban os datos sobre a súa evolución desde que chegara á clínica. Sorprendeume atopar, ademais, un exemplar dun libro escrito por aquela muller que tanto me impresionara había só unhas horas, pois o doutor non me comentara nada da súa faceta literaria.

Decidido a estudar todo o material coa maior atención, collín en primeiro lugar o informe biográfico. Aínda que o equipo encargado de elaboralo se empregara a fondo, a información que tirei daqueles papeis pareceume incompleta; intuía que, entre toda aquela morea de datos, faltaban algúns elementos decisivos para entender o estado en que agora se atopaba Laura Novo. Un estado que, como eu ben sabía, case sempre ten unha xénese que é posible rastrexar nun exame minucioso da biografía do paciente.

Laura Novo nacera en Pontedeume, en 1968. Por tanto, tiña agora trinta e un anos, tan só un menos ca min. A súa familia —os pais e un irmán dous anos máis vello— instalárase na Coruña cando ela aínda era unha nena, e fora nesa cidade onde transcorrera toda a súa mocidade. A familia marchara despois a Madrid, o lugar onde Laura vivira ata había un ano. Fixera alí os estudos universitarios; licenciárase en Xornalismo e en Ciencias Políticas con excelentes cualificacións, tal como indicaban as fotocopias do expediente académico. Máis tarde traballara en diferentes empregos; se ben algúns deles non tiñan nada que ver cos seus estudos, a maioría estaban relacionados co periodismo, unha profesión na que, malia a súa xuventude, xa chegara a ocupar postos de certa importancia. Había tamén varias referencias ao seu labor de escritora, foi unha sorpresa descubrir nela esa faceta. Publicara algúns relatos en revistas e en libros colectivos e, no ano 1995, o volume que tiña diante, *Como nubes que pasan*, un libro de relatos que merecera algunhas boas críticas (os recortes de prensa estaban entre a documentación), pero que tivera escasa fortuna comercial.

Laura vivía soa desde había algúns anos. O seu irmán, que traballaba de enxeñeiro en Valencia, casara cunha arquitecta italiana e distanciárase da familia. Os pais separáranse a finais dos oitenta; aos poucos meses, o pai volvera casar cunha muller moito máis nova ca el e instalárase en Barcelona. Laura quedara vivindo na casa familiar coa súa nai, que morrera en 1996. Había un ano, sen ningunha razón obxectiva que o xustificase, abandonara o seu traballo en Madrid e regresara a Galicia, instalándose nunha casa de turismo rural, nunha aldea da Terra Chá luguesa. Entre a documentación, atopei un folleto turístico sobre esta nova modalidade de hospedaxe, onde aparecía marcada con rotulador a foto da casa en que residira a miña paciente.

Os datos correspondentes aos últimos doce meses, contra o que cabería agardar, eran moito máis escasos. Permanecera nesa casa entre setembro e maio, pero non había ningún dato que permitise coñecer en que estivera

25

ocupada durante ese período de tempo. E logo, no mes de maio, fora cando ocorrera o accidente que, segundo a documentación, motivaba o seu estado actual.

O pasado 4 de maio, durante un paseo polo campo, Laura fora alcanzada por un raio; ou, con máis exactitude, un raio caera moi próximo a ela, cando camiñaba en campo aberto, provocándolle un agudo shock. Estivera internada case seis semanas no Hospital Xeral de Santiago, onde curara das súas doenzas físicas. Fora durante o tempo de convalecencia cando lle diagnosticaran por primeira vez as anomalías psíquicas que manifestaba. A finais de xuño trasladárana á nosa clínica psiquiátrica, onde permanecía desde aquela. Aí remataba o informe biográfico, que xulguei cheo de lagoas e excesivamente esquemático.

Collín logo o historial clínico da paciente, onde aparecía detallada toda a información que me prometera o doutor Montenegro. Despois dunha descrición pormenorizada do seu comportamento, con trazos depresivos e psicóticos que se mesturaban con outros asociados ao autismo, aventurábase un diagnóstico concreto: a paciente sufría unha neurose de angustia, provocada polo raio que a alcanzara había cinco meses.

Case me fixo rir a lectura dun diagnóstico así, foi coma se unha parte do prestixio da Clínica Beira Verde de derrubase con estrépito ante os meus ollos. Como ía ser un raio o causante do estado actual de Laura? É certo que un raio, igual que calquera outro accidente inesperado, pode provocar un intenso shock emocional, hai numerosas historias clínicas que así o testemuñan;

pero, en todos os casos, ese shock desaparece aos poucos días, e con el os síntomas que o acompañan. Como ía explicar un feito así os trazos autistas e o desasosego interior que presentaba o comportamento de Laura? Onde estaban os trastornos somáticos que van sempre asociados ás neuroses dese tipo? Neste caso, agás algunha alteración do sono, o informe sinalaba que tales trastornos eran inexistentes. E que relación podía ter esa neurose coa escrita obsesiva da paciente? Desde o primeiro momento interpretei esa práctica como un intento desesperado de agarrarse ao fío esencial que nos sostén como persoas, simbolizado no propio nome. Ademais, eu vira os seus ollos, vira o terror que os inundaba, e a lembranza da súa mirada desbarataba toda a literatura que alí había escrita. Non, aquilo non podía ser a consecuencia do shock provocado por un raio. Para min estaba claro que nos atopabamos ante unha neurose de carácter máis profundo, con trazos obsesivos e fóbicos, aínda que os síntomas, a primeira vista, non encaixaban con nada do que eu sabía.

Durante a cea, compartida con todo o equipo médico, limiteime a escoitar as conversas dos meus novos colegas e a responder o mellor que souben as preguntas persoais que me fixeron. Rematada a cea, busquei o doutor Montenegro e expliqueille todas as miñas dúbidas, coa cautela necesaria para non ferir a súa susceptibilidade. Escoitoume co maior interese e logo, mentres dabamos un paseo polos xardíns, comentoume que tampouco a el o convencía aquel diagnóstico, que quizais só era unha maneira de disimular con palabras o desconcerto que o equipo médico, el incluído, sentía ante aquel caso.

—Debe consideralo como algo provisional, a falta doutro máis preciso –concluíu–. O certo é que en todas as historias clínicas que manexamos non aparece documentado ningún comportamento semellante. Non sabemos case nada do que ocorre no interior de Laura Novo, esa é a verdade. Hai moitos baleiros neste caso, demasiados ocos que conviría encher antes de seguir adiante.

—A que ocos se refire, doutor? –preguntei.

—Pois, por exemplo, á ausencia de datos significativos sobre o que lle ocorreu a Laura desde que regresou a Galicia –contestou–. Conseguir unha información detallada resultou case imposible, se ben todo indica que fixo unha vida rutineira, sen que lle ocorrese nada relevante.

Continuei andando en silencio, sen saber ben que dicir. Cando xa nos achegabamos á entrada principal, foi o doutor quen volveu falar:

—Sería magnífico que ela mesma nolo contase, mais é evidente que non está en condicións de dicirnos nada. Pero tampouco me faga moito caso, amigo Víctor; estes só son uns comentarios persoais, froito do meu desconcerto. Quizais todo é máis simple, e os problemas de Laura proveñen só do seu mundo psíquico, do interior desa fortaleza que os autistas constrúen para protexérense e poderen sobrevivir nun medio que perciben hostil. A vostede lle corresponde investigalo, meu amigo.

# Capítulo 3

AQUELA mesma noite, despois de repasar unha vez máis toda a documentación, lin o volume de relatos de Laura. Como lector, atopei nel escasos valores; demasiado pretensioso, o típico primeiro libro do escritor que desexa demostrar o moito que sabe e cantos autores leu. Había nas súas páxinas máis preocupación pola frase brillante que pola arquitectura dos relatos ou polo seu contido; era todo moi artificioso, con menos vida da que se pode atopar na superficie da Lúa.

Aínda así, impúxenme a obriga de facer unha segunda lectura, esta vez desde unha perspectiva clínica. Foi unha decisión acertada porque, se como lector o libro non me interesaba nada, como médico axiña intuín que nel podía encontrar un camiño que me permitiría asaltar aquela fortaleza que a mente de Laura construíra ao seu redor. Tiña claro que o primeiro obxectivo era achegarme á miña paciente; dalgún xeito, debía gañar o seu aprecio, facer que vise en min unha persoa en quen podía confiar. Só desde esa proximidade podería iniciar unha terapia que conducise á súa curación. E, por fortuna, eran as súas propias palabras as que me sinalaban un posible camiño.

Na maioría dos contos, a través dos personaxes protagonistas, Laura facía unha apaixonada profesión de fe na literatura, no poder que teñen os libros para cambiarnos a vida e axudarnos a termar dela nos momentos difíciles. Era unha idea que aparecía reiterada unha e outra vez, coma se fose o motivo principal do libro: a literatura como fonte de vida. Esa reiteración fíxome concibir a idea de asediar con palabras o castelo que Laura erguera para se protexer. Foi como unha iluminación, unha luzada súbita que me mostraba un camiño novo. Xosué derrubara os muros de Xericó co son das trompetas do seu exército; do mesmo xeito, eu derrubaría as murallas de Laura con outra forza máis poderosa: a que gardan as palabras no seu interior.

Precisaba coñecer se algunha vez se aplicara unha terapia semellante, de modo que pasei moitas horas na biblioteca da clínica revisando toda a bibliografía médica sobre o tema, sen atopar apenas nada que me servise. Estaba claro que tería que deixarme levar pola miña intuición e ensaiar unha terapia orixinal. Ao cabo, explorar novos camiños era o que se agardaba de min.

Despois de dous días sen saír do apartamento, ocupado en deseñar o meu proxecto ata o máis mínimo detalle, presenteillo ao doutor Montenegro para que me dese a súa aprobación. Aínda que se mostrou bastante escéptico e me formulou numerosas obxeccións, acabou por concederme o permiso para levalo á práctica. Ambos os dous opinabamos que nada se perdía con probar, así que acordamos inicialo canto antes.

Á mañá seguinte dirixinme ao edificio que albergaba as celas de seguridade, cun libro nunha man e unha cadeira encartable na outra. Ordenei que me abrisen a porta da cela de Laura e entrei nela. A muller estaba sentada ante a mesa, tal como a vira a primeira vez, e iniciara xa o seu traballo de escritura. Vestía a mesma roupa gris, e o seu pelo roxo, que aquel día levaba solto, era a única nota de cor que había no recinto. O ruído da apertura e cerre da porta levouna a interromper o seu labor. Ergueu a vista e olloume con esa mirada que tanto me impresionara o día da miña chegada. Tal e como planificara, comporteime coma se na cela non houbese ninguén máis. Coloquei a cadeira na esquina máis afastada do lugar onde estaba a mesa e sentei nela. Despois abrín o libro e comecei a ler. A ler en silencio, coma se me atopase na soidade do meu cuarto.

Laura parara de escribir mentres eu me colocaba, quizais desconcertada por aquela violación do seu espazo. Cando viu que eu me poñía a ler, aparentemente sen lle prestar atención ningunha, ela volveu á súa escrita. Ao primeiro facía frecuentes interrupcións, con olladas fugaces dirixidas ao lugar onde eu estaba, pero logo mergullouse no labor co mesmo frenesí obsesivo de antes. Un a un, collía os folios do paquete que tiña encol da mesa e escribía neles sen descanso; finalmente, colocábaos noutro montón á súa dereita, a medida que os ía enchendo con aquela repetición obsesiva do seu nome e apelido.

Así transcorreu toda a mañá: ela escribindo e eu lendo, coma dous estraños que habitasen mundos paralelos. O único que alteraba aquela aparente tranquilidade eran os espasmos que, con frecuencia indeterminada, sufría Laura. Case sempre ocorrían do mesmo xeito: paraba de escribir, soltaba o lapis e permanecía co corpo ríxido, ollando para un punto fixo da parede, e cunha expresión de pavor que medraba máis e máis ata rematar nun salouco apagado, nunha explosión silenciosa que resultaba difícil de esquecer. Este proceso non duraba nunca máis de dous ou tres minutos; despois, coma se espertase dun soño, Laura collía outra vez o lapis e retomaba a escrita con anovada intensidade.

Cando chegou a hora do mediodía, abandonei a cela. Pero dúas horas despois, tras xantar en soidade e dar uns paseos polo xardín para estirar as pernas, volvín entrar nela e repetín o mesmo programa da mañá. E así estiven ata as oito da tarde, momento en que dei por concluída a primeira xornada da miña terapia experimental.

Despois de tres días realizando a mesma actividade, comecei a dubidar da eficacia do meu plan, pois non percibía ningún cambio apreciable no comportamento de Laura. Non obstante, na mañá do cuarto día observei que paraba de escribir en varias ocasións, pero a rixidez e o medo xa non aparecían no seu rostro. Erguía a vista e quedaba mirando para min durante algúns minutos, coma se o espectáculo dun individuo sentado cun libro nas mans, movéndoas só de cada pouco para pasar unha páxina, fose do maior interese para ela. Volvía logo á escrita, mais con menos ímpeto, coma se interiormente se comezase a producir un pequeno desprazamento no seu centro de interese.

Aquela noite decidín que era o momento de pasar á segunda fase do meu programa. Dubidei moito sobre o libro que debía levar, xa que unha elección equivocada pola miña parte podería estragalo todo. Finalmente, decidinme por un que me parecía axeitado para os meus propósitos: o groso volume cos contos completos de Jakob e Wilhelm Grimm. Tras unha relectura demorada, seleccionei unha ducia de relatos, todos eles coa clásica estrutura do conto marabilloso moi marcada: o heroe enfrontado a un conflito que fai perigar a súa vida, que penetra no bosque, esa metáfora do mundo, e que finalmente regresa vitorioso, despois de vencer todas as dificultades que se lle presentan no camiño.

Á mañá seguinte, xa dentro da cela, repetín os movementos dos outros días. Pero despois da primeira interrupción de Laura, en canto vin que se dispuña a retomar a escrita, comecei a ler en voz alta. Facíao coma se non me dirixise a ninguén, talmente coma se fose a primeira vez que alguén contaba aqueles relatos desde o principio do mundo. Mentres lía, estaba atento á máis mínima reacción de Laura. Deste xeito, puiden comprobar como deixaba de escribir ao pouco de oír a miña voz, unha voz que viña alterar o silencio que a rodeara durante tantos días.

Despois dalgúns momentos de indecisión, esqueceu o lapis e os papeis, acomodouse na cadeira e púxose a escoitar, sen disimulo ningún. Cada vez que remataba

33

un dos contos, eu interrompía a lectura e deixaba que o silencio volvese ocupar a cela. Non o facía só por descansar; era, sobre todo, para comprobar as reaccións de Laura, que se remexía inquieta na cadeira, agardando que eu continuase. E así estivemos durante algo máis de dúas horas, o tempo que permanecín no cuarto.

Aquela mesma tarde repetín a operación. Desta vez elixín un libro de Jack London que contiña unha escolma dos seus fascinantes relatos vitalistas, eses que nos trasladan ás frías paisaxes de Alasca ou aos mares luminosos da Polinesia. E outra vez, como ocorrera pola mañá, a forza daquelas narracións volveu cativar a atención de Laura.

Nos seguintes días probei cos máxicos relatos de Kipling, coa fantasía desatada de Cunqueiro, coa ollada irónica de Roald Dahl, coa lúcida brillantez de Cortázar... Todas as narracións elixidas tiñan algo en común: latexaba nelas unha paixón e unha vitalidade contaxiosas. Eran desas que espertan dentro de cada lector o entusiasmo pola vida, tal fora a condición esencial para a súa escolla.

E así estiven mañá e tarde, un día tras outro, sempre coa mesma rutina; horas e horas de lectura en voz alta, coma se o fixese só para as paredes. Mais eu ben notaba que as palabras non se perdían no aire, senón que chegaban tamén ao interior de Laura. Aquelas historias estaban conseguindo mudar a expresión do seu rostro e, sobre todo, que desaparecese o aire de terror da súa mirada.

Na mañá do sétimo día produciuse un cambio significativo. Cando entrei na cela e me dispoñía a comezar a lectura –aquel día seleccionara algúns dos relatos optimistas que Stevenson reuniu nos seus *Contos dos mares do Sur*–, Laura ergueuse, colleu a súa cadeira e veu con ela ata o recanto onde eu estaba. A seguir sentou cabo de min e agardou coa mirada fixa no chan. Aínda que por dentro o corazón empezou a baterme con forza, porque aquel era un sinal claro de que a miña estratexia comezaba a dar os seus froitos, abrín o libro e comecei a ler aparentando indiferenza, coma se nada estraño ocorrese e Laura non estivese alí.

Así pasamos tamén a tarde e mais todo o día seguinte. Pero, despois daquela pequena vitoria, eu agardaba máis avances e estaba disposto a provocalos. Decidín que era o momento de abandonar os relatos e comezar con algunha novela; como a Scherezade de *As mil e unha noites*, quería lecturas onde a narración quedase inconclusa e fixese nacer no ánimo de Laura o desexo de saber qué pasaría o día seguinte. Dubidei moito sobre cal debía ser a primeira novela que lle lese, non me resultou nada doada a escolla. Finalmente, decidinme por *Cen anos de soidade*, un dos poucos libros que aínda conseguía provocar o meu entusiasmo en cada nova lectura.

Ao outro día entrei na cela e, no canto de sentarme, fiquei de pé, a pouca distancia da porta, que mandara deixar entreaberta. Laura aproximou a cadeira ao lugar habitual e sentou nela, á espera de que tamén eu ocupase o meu sitio. Era evidente que estaba desorientada ante aquel cambio no que xa era unha rutina compartida. Entón abrín o libro e comecei a ler as primeiras liñas da novela.

Cando xa levaba lidas catro ou cinco páxinas, cando xa a narración conseguira envolvernos coas aventuras desmesuradas da familia Buendía, camiñei con pasos lentos ata a porta e saín fóra, sen deixar de ler en ningún momento. Laura dubidou uns instantes, sen saber como reaccionar. Finalmente, abandonou tamén a cela e seguiume polo corredor adiante, ata que saímos ao exterior do edificio.

Detívose no limiar, sorprendida pola luz do sol; debíalle resultar insoportable aquela claridade repentina, á que os seus ollos non estaban afeitos, despois de tantos días pechada entre as catro paredes da cela. Fiquei parado uns segundos, agardándoa, mais axiña proseguín a miña marcha. Tal como planeara anteriormente, camiñando amodo e sen deixar nunca de ler, dirixinme ao pavillón das buganvíleas. Chamabámoslle así a un lugar onde o muro que protexía unha das zonas elevadas do xardín se abría nunha balaustrada semicircular. Fronte a ela había uns bancos de madeira distribuídos de tal xeito que o conxunto conformaba un círculo duns catro metros de diámetro. Unha enxeñosa estrutura metálica cerraba o espazo por tras dos bancos e estendíase, a modo de teito, por riba deles. Catro buganvíleas medraran enredándose nos ferros da estrutura e formaban unha cortina vexetal que facía do lugar un dos espazos privilexiados do terreo.

As buganvíleas, ademais de resgardar do sol, servían para illar o pavillón do resto do xardín. Era un lugar idóneo para ler, ou meditar, ou, simplemente, para deixar pasar as horas mentres as nubes navegaban polo ceo. Tratábase, en suma, do lugar que elixira para que Laura, estando no exterior, se sentise tan protexida como entre catro paredes.

Sentei nun dos bancos e continuei coa lectura, logo de comprobar que Laura sentaba tamén a unha certa distancia de min. Noteina ríxida e tensa, coma se agardase algunha agresión; nalgún momento mesmo temín que se erguese e botase a correr dominada polo pánico. Mais, fose pola beleza do lugar, fose polo efecto hipnótico das palabras de García Márquez, o certo é que continuou sentada, escoitándome, ata que chegou a hora do mediodía.

Nese momento, tal como conviñeramos previamente, unha enfermeira veu buscala para levala outra vez á súa cela. Pola tarde, despois do xantar, volvín repetir os movementos da mañá, procurando que a miña lectura cesase nun momento da trama onde a emoción fose máis intensa.

Nos seguintes días continuei coa mesma estratexia. Axiña non foi necesaria nin a miña visita á cela nin a intervención das enfermeiras, porque xa era Laura quen cada mañá se achegaba polo seu pé ata o miradoiro das buganvíleas, na procura da súa dose de lectura. Aínda que quizais fosen imperceptibles para un observador externo, eran claros os avances que experimentara: a relaxación do corpo, a confianza progresiva que ía adquirindo e, sobre todo, os cambios na súa mirada. Aínda permanecía como ausente en bastantes momentos, aínda había refachos de pánico ocasionais. Pero as máis das veces permanecía abstraída, mirando ao lonxe, mentres chegaban aos seus oídos, a través da miña voz, os textos das novelas que eu seleccionaba coidadosamente: *A illa do tesouro*, de Stevenson; *Noites brancas*, de Dostoievski; *Memorial do convento*, de Saramago…

Non todo eran avances. Cada certo tempo, Laura sufría un ataque repentino, unha crise provocada polos seus fantasmas interiores. Eu notábao decontado, porque o corpo se lle poñía ríxido e as faccións do seu rostro quedaban desencaixadas, coa boca aberta coma se ceibase un berro silencioso, cos ollos cargados de angustia e de medo. Era a viva expresión do horror, dun horror que contrastaba agudamente coa tranquilidade externa que nos rodeaba. Non había unha cadencia fixa para estes ataques, e tampouco eran sempre da mesma intensidade, pero repetíanse unha e outra vez, lembrándome que os conflitos permanecían aí e facéndome presente a dificultade do meu labor.

Un día comecei a ler *O cuarto pechado*, unha das novelas de Paul Auster que forman a súa *Triloxía de Nova York*. A historia de amor entre o escritor e a viúva do seu amigo morto, fascinante e ateigada de emocións, ía desenvolvéndose a través da miña voz. Cando estaba a punto de rematar un dos capítulos, sentín un breve salouco. Interrompín a lectura e mirei para a miña acompañante silenciosa. Polas meixelas de Laura esvaraban unhas poucas bágoas e os seus ollos estaban anegados de tristeza. Olloume en fite durante uns momentos cargados de intensidade e pronunciou as primeiras palabras que lle puiden escoitar:

—Tamén eu escribía.

Deseguido, ergueuse e botou a correr cara ás dependencias da clínica. Eu fiquei sentado, sen facer ningún esforzo por seguila. Agora sabía que, despois de días e días de asedio, nas murallas interiores da miña paciente se abriran algunhas fendas que me permitirían entrar no seu mundo secreto. Comezaba entón o meu traballo de médico, o labor de coñecer que causas provocaban os fantasmas que enturbaban a mente de Laura.

## Capítulo 4

DURANTE os seguintes días, fixen o posible para que a vida de Laura mudase de xeito radical. Estaba todo o tempo pendente dela, atento aos detalles máis mínimos, tal como fai un namorado coa persoa que ama. A miña axuda éralle imprescindible; cumpría acompañala, guiala no seu regreso ao mundo real. Un mundo que abandonara, por razóns que ignorabamos, para caer no abismo de negrura en que estivera durante os últimos meses.

Pedín que a trasladasen a un cuarto situado nunha zona onde non había ningún outro enfermo. Continuaba vixiada permanentemente, sempre baixo a miña supervisión directa, pero a súa nova situación era moi diferente da vivida baixo o abafante control das celas de seguridade. Estaba seguro de que non corría perigo ningún, os seus intentos de se quitar a vida eran xa cousa pasada.

Todas as noites, despois da cea colectiva, informaba ao doutor Montenegro dos avances obtidos durante a xornada e analizaba con el os pasos que debiamos dar a continuación. Cando todo acabase, tiñamos o proxecto de publicar a experiencia en *The Psychoanalytic Review* e, por esa razón, eu anotaba meticulosamente todo o que acontecía, por intranscendente que me parecese.

Durante esta nova etapa, continuei léndolle a Laura as novelas que seleccionaba. Cada certo tempo interrompía a lectura e intercalaba algúns comentarios persoais, pero ela só respondía con monosílabos. Non obstante, estes axiña deixaron paso a frases curtas e inseguras, pronunciadas coma se estivese a tentear un terreo descoñecido. Desde que Laura decidira volver á vida, os seus progresos eran evidentes para calquera.

Pouco a pouco, foi diminuíndo o tempo que cada día dedicabamos á lectura. Laura interrompíame cada vez con maior frecuencia e, cos seus comentarios, provocaba algunha conversa, mesmo sobre as cousas máis banais. Noutras ocasións era eu quen propoñía algún tema que lle puidese interesar, case sempre a partir do libro que estabamos a ler. Deste xeito, fun conseguindo que se crease unha corrente de simpatía entre nós os dous; era evidente que Laura se sentía a gusto comigo, aínda que seguía negándose a falar con ningunha outra persoa.

Claro que non todo era un camiño de rosas. Había días en que a miña paciente parecía retroceder a unha fase anterior, pechándose entón nun mutismo que eu respectaba fielmente, sabedor de que os retrocesos son inevitables en calquera terapia psicanalítica. E tamén seguían repetíndose de cando en cando os súbitos ataques de terror, aínda que cada vez eran de duración máis breve e de menor intensidade.

Como ben se entenderá, eu non perdía ningunha oportunidade de indagar sobre a súa vida pasada. Todo o que Laura me contaba confirmaba os datos que xa coñecía polo informe biográfico. Pero había algo estraño, porque os meus intentos de coñecer o ocorrido desde que volvera a Galicia batían sempre contra un muro impenetrable: «Non lembro nada deses meses», «Na miña memoria non hai máis que retallos sen sentido», «Calquera sabe o que fixen!»… Debería ser o capítulo máis doado de lembrar, era o que estaba máis próximo no tempo, pero os seus esforzos topaban cun burato negro imposible de salvar.

Eu ben sabía que estas lagoas na memoria son típicas en casos coma o de Laura, pero resultaba insólita a súa duración e, sobre todo, que non se observasen os outros síntomas de disociación mental característicos das neuroses. Porque nas restantes facetas da vida cotiá Laura comportábase case como unha persoa calquera. Aínda así, seguiámola medicando con ansiolíticos, e polas noites unha enfermeira permanecía preto dela, atenta a calquera reacción imprevista.

Tentei tamén explorar o territorio dos seus soños, sabedor de que, a través deles, podería atopar algún indicio significativo; mais, cando a interrogaba, sempre me respondía que non lembraba nada do soñado. E, non obstante, un día si e outro tamén, segundo os informes da enfermeira que a coidaba, Laura tiña pesadelos nocturnos que, malia a medicación, provocaban nela un intenso desasosego e culminaban con berros estarrecedores. Decidido a coñecer como eran aqueles pesadelos, que sempre se producían na fase máis profunda do sono, acordei coa

43

enfermeira un modo de estar presente nas horas en que iso ocorría.

A primeira noite, logo de varias horas de espera perseverante, a enfermeira e mais eu puidemos observar como Laura comezaba a se axitar na cama, coma se mantivese unha loita interior que tensaba máis e máis os seus músculos, ao tempo que aparecía unha marcada expresión de angustia no seu rostro. Logo, a angustia deu paso ao espanto ata que, finalmente, rebentou nun berro de terror, un ouveo prolongado que se estendeu polos corredores e me provocou un intenso arreguizo nas costas. Nese momento entrei no cuarto e esperteina. Laura abriu os ollos, recoñeceume axiña e deixou de berrar. Entón, sen darlle tempo a que as imaxes se esvaecesen, pedinlle que me contase o que estaba a soñar había uns momentos.

A súa foi unha narración fragmentaria e inconexa, difícil de entender, que me apresurei a anotar palabra por palabra en canto volveu coller o sono. Como as miñas intervencións se sucederon durante varias noites, e o soño era sempre o mesmo, se ben con lixeiras variantes, podo describilo aquí coa coherencia que a miña paciente era incapaz de darlle cando o explicaba.

Aínda que as situacións de partida sempre eran diferentes, Laura acababa encontrándose nunha especie de pasadizo escuro que parecía non ter fin. Ela andaba cara adiante, con determinación, coa certeza de que algo ou alguén a agardaba ao final do percorrido. O pasadizo seguía unha dirección descendente e chegaba un momento en que, aló ao fondo, aparecía unha estraña fosforescencia, unha claridade indicativa de que se achegaba ao final do seu traxecto. Ao seguir camiñando, decatábase de que o pasadizo facía un ángulo que lle impedía ver o que había máis alá. Entón Laura ficaba paralizada, incapaz de continuar. Esa contradición entre a necesidade de seguir avanzando e o medo a facelo provocaba nela unha reacción de pánico, que se acrecentaba máis e máis ao notar que os seus pés estaban como cravados no chan e que non se podía mover do sitio. Nese momento a luz fosforescente medraba en intensidade e, nas paredes da caverna, Laura vía reflectida unha inmensa sombra negra que provocaba nela unha insoportable sensación de espanto. Era entón cando comezaba a berrar e berrar, ata que espertaba e volvía á realidade.

Como sabe calquera que estea familiarizado co mundo onírico, tratábase dun soño clásico, do que están documentadas numerosísimas variantes, e que me servía de ben pouco, agás para confirmar o que xa antes intuíra: que había no cerebro de Laura algún conflito non resolto, algunha experiencia pasada que lle deixara unha pegada insoportable na memoria. E aí permanecía, agochada no seu interior, de tal maneira que o subconsciente a percibía como unha ameaza para a súa estabilidade. Axiña vin clara a necesidade de revivir esa experiencia traumática, xa que só o coñecemento consciente do que lle ocorrera conseguiría desbloquear a súa mente.

Que equivocado estaba! Se eu non fose tan cego e o meu cerebro non se atopase lastrado por tantas lecturas clínicas, se atendese máis á miña intuición que ás ensinanzas de Freud ou Jung, se non me obsesionase por atoparlle significados simbólicos ao que Laura soñaba, se daquela eu estivese preparado para saber ata que punto me estaba dando as pistas necesarias para salvala, se eu lle fixese caso a todo o que me dicía a través dos seus soños… quizais agora ela se encontraría a salvo, vivindo unha existencia tan plácida e rutineira coma a de calquera outra persoa. Pero daquela non reparei en nada, estaba demasiado cego para ver máis alá do que me dicían os libros de psiquiatría. Como tampouco reparei no significado de dous sucesos que ocorreron naqueles días e que, á luz de todo o que sei agora, resultan particularmente significativos.

# Capítulo 5

O primeiro dos dous sucesos que debo relatar ocorreu despois de que me decidise a reducir drasticamente tanto as sesións de lectura no pavillón como os paseos polo xardín. Comecei entón unha nova fase, que incluía facer con Laura algunhas excursións polos arredores. Quería que, pouco a pouco, fose recuperando os hábitos e rutinas da vida cotiá, e tamén que se afixese de novo a estar a carón de xente descoñecida. Fíxeno con moito tento, como é natural, e escollendo lugares cada vez máis afastados da clínica. Sempre no meu coche, iamos ata Goián, Tomiño, O Rosal ou calquera das pequenas vilas do Baixo Miño. Máis tarde atrevinme a cruzar o río e levala ata as poboacións portuguesas da outra beira: Valença do Minho, Vila Nova de Cerveira e, sobre todo, Caminha, un lugar que eu apreciaba especialmente e que visitabamos con bastante frecuencia.

Foi precisamente en Caminha onde se produciu o incidente que quero referir. Aquel día foramos xantar a O Barão, un acolledor restaurante situado nunha das rúas da parte antiga, moi preto da singular igrexa gótica da vila. Viñamos de dar un paseo pola praza principal, un deses espazos que teñen unha aura case máxica, e sentíame cheo de optimismo. Aquel día, atendendo as suxestións do encargado, pedín uns lumbrigantes á grella, co pretexto de festexar a melloría de Laura. Cando nolos trouxeron, ela saudou con entusiasmo a chegada da fonte con aqueles exemplares magníficos. Colleu un deles e, con aire alegre, comentoume que xa nin lembraba cando probara o marisco por última vez. Pero entón, cando estaba co lumbrigante na man, enmudeceu e quedou coa ollada fixa nas pinzas do animal durante un tempo que me pareceu inacabable. Logo, a expresión de terror que eu coñecía tan ben comezou a debuxarse de novo no seu rostro. Antes de que chegase a berrar, pechou os ollos, perdeu o sentido e caeu ao chan.

Por fortuna, o restaurante estaba case baleiro e o incidente pasou desapercibido. Coa axuda do persoal, levei a Laura ata un cuarto reservado e estiven tentando reanimala durante algúns minutos. Cando recuperou o sentido, non lembraba nada do que lle ocorrera: só que, tras pasearmos pola praza, nos dirixiamos ao restaurante para xantar.

Eu achaquei o suceso a unha súbita baixada de tensión e non lle dei máis importancia. Lembrándoo agora, paréceme imposible que puidese estar tan cego, que non fose capaz de adiviñar a ominosa realidade que había detrás daquilo. Pero nin sequera fun quen de relacionar o sucedido cos pesadelos nocturnos de Laura, que volveron aparecer con maior intensidade e que se prolongaron durante varias noites máis.

O outro incidente ocorreu algúns días despois. Estabamos nas aforas da vila da Guarda, no monte de Santa Trega, a onde nos achegaramos para visitar o castro celta que se estende pola ladeira. Despois de percorrelo sen perder detalle, subimos ata o cume do monte, desde onde se divisa unha desas paisaxes imposibles de esquecer. A un lado, o tramo final do Miño, abríndose nun esteiro entre as terras portuguesa e galega; ao outro, a impresionante extensión do Atlántico, ocupando todo o espazo que un pode abranguer coa vista. E aló abaixo, se nos achegabamos á beira dos altísimos cantís, as ondas batendo con violencia extrema contra os cons da beiramar.

Tras pasarmos un tempo entretidos en identificar os lugares situados a un e outro lado do río, ocorréuseme visitar o pequeno museo que hai preto do cume. Trátase dun edificio sen pretensións, onde se gardan os materiais atopados nas escavacións realizadas na aba do monte; case todos restos de orixe celta ou romana, aínda que os había tamén anteriores á época castrexa.

O museo sorprendeume, xa que non era o típico almacén de pedras amoreadas de calquera xeito, como eu prexulgara sen razón. Cada peza acompañábase cunha descrición polo miúdo das súas características, de maneira que o conxunto ofrecía un panorama exhaustivo das antigas civilizacións que deixaran a súa pegada naquel lugar. Pensando nos moitos turistas que soben ao monte, había tamén un posto onde vendían pezas de cerámica e diversas alfaias, todas elas con motivos relacionados co museo. Laura empeñouse en agasallarme cun colgante de prata que tiña a forma dun tríscele celta. Non só tiven que aceptalo e penduralo do meu pescozo, senón que, atendendo a súa insistente petición, prometín levalo sempre comigo. Era, segundo me explicou, o seu xeito de mostrarme o agradecemento polo moito que a estaba a axudar.

Nun momento dado, cando nos atopabamos contemplando unha laxe onde aparecían gravadas unhas rudas figuras, medio borradas polo paso do tempo, que lembraban vagamente as pegadas que deixaría na terra un animal descoñecido, Laura soltou un berro apagado e saíu correndo do local. Marchei tras dela, perseguíndoa polo medio das árbores, ata que conseguín alcanzala. Estaba como ida, cunha expresión que nunca lle vira anteriormente. Seguía habendo sinais de espanto no seu rostro, mais a ollada era distinta á doutras veces, coma se algo se quebrase no seu interior. Pouco a pouco, foille volvendo a súa expresión normal. Unha vez recuperada, deixou que a acompañase ata o coche. Durante o camiño de volta á clínica non dixo nin unha soa palabra, encerrada nun mutismo obstinado que fun incapaz de interpretar.

Laura mantivo unha actitude semellante durante os dous días seguintes. Pediu permanecer soa no cuarto, nunha voluntaria reclusión. Eu agardei pacientemente a que quixese verme, a que se animase sequera a dar algún paseo polos xardíns. Mais todo foi inútil. Parecía coma se, de xeito súbito, o lento traballo das semanas anteriores se derrubase e houbese que comezar de novo.

Unha vez máis, estaba equivocado por completo. Polo que souben despois, aquel episodio no museo non fixera máis que acelerar un complexo proceso interno, provocando unha inesperada mutación no interior de Laura. Na mañá do terceiro día, cando me acheguei ao seu cuarto, sen ningunha esperanza de que me atendese, atopeime con que ela xa me agardaba, preparada para saír.

—Bos días, doutor –díxome cunha naturalidade que me desconcertou–. Cre que hoxe se estará ben no pavillón das buganvíleas?

—Si, sen dúbida –respondín cunha alegría que fun incapaz de disimular–. Temos un día de outono que é unha bendición.

Fomos ata o miradoiro, charlando sobre temas intranscendentes. Xa sentados, Laura permaneceu calada durante algúns minutos e logo, coma se levase tempo madurando aquelas palabras, díxome:

—Lembra algunhas das mañás que temos pasado aquí? Esas mañás en que o sol ía desfacendo a néboa que se formaba na beira do río e, paseniño, volviamos ver coa maior nitidez as terras da outra beira?

Quedei calado, porque axiña comprendín que se trataba dunha pregunta retórica, e que aquelas palabras só eran o comezo do que Laura me quería dicir. E así foi; durante máis de quince minutos estivo contándome como, a semellanza da do río, tamén a néboa da súa memoria estaba aclarándose. Cada vez recordaba mellor o sucedido nos últimos meses, pero as novas lembranzas que afloraban dentro dela provocábanlle un gran desconcerto. Eu dixéralle repetidas veces que era moi importante para a súa curación lembrar todo o que lle ocorrera durante os meses pasados. Agora vía que era posible intentalo, aínda que se atopaba co problema de que lle custaba traballo verbalizar o que agromaba no seu cerebro. Ademais, tiña medo de revivir un tempo que, polo que ía lembrando, parecía gardar feitos desagradables que non se sentía con ánimo de enfrontar.

—Pois escríbao, escríbao todo desde o primeiro –díxenlle, case sen pensalo–. Escriba o que non é capaz de expresar con palabras diante de min e, se cadra, nin tan sequera diante de vostede. Así irán collendo sentido todas as lembranzas que agora están embarulladas na súa memoria.

—Pero teño medo, doutor. Se, como vostede me ten dito, a orixe da miña enfermidade pode estar en certos sucesos que me ocorreron no pasado, ten que comprender que me resista a lembralos. E se o feito de revivilos me fai recaer outra vez?

—Debe confiar en min, Laura. Traelos á memoria non é o mesmo que revivilos. Vai contar sempre coa miña axuda, como Teseo tiña a de Ariadna cando entrou no labirinto do Minotauro. Eu podo ser o seu fío condutor, quen a acompañe día a día nesa viaxe pola súa memoria.

—E como podo facer? Cando penso no traballo que supón, xa me desanimo. Ademais, teño medo de perderme, e tamén de esquecer algunhas cuestións de importancia.

Eu ben me decataba das dificultades que Laura lle vía á miña proposta. Cumpría idear un método que lle permitise ir recordando, paso a paso, todo o que lle sucedera. Foi daquela cando se me ocorreu un procedemento que podería ser apropiado:

—Vostede escriba todo o que lembre, sen se preocupar de se ten importancia ou non; escriba todos os días, aínda que só sexan unhas poucas liñas. E, ao final de cada tarde, entrégueme a min o texto. Eu lereino, pasareino a limpo no meu ordenador e devolvereillo ao día seguinte, tanto o orixinal como unha copia a limpo. Que lle parece?

En vez de responder, Laura limitouse a ollarme coa dúbida marcada no seu rostro. Que máis podía dicir para convencela?

—Lembra a Marlow, o protagonista de *O corazón das tebras*, a novela de Conrad que lemos hai varias semanas? –engadín. De todas as lecturas compartidas, aquel fora un dos libros que máis a fascinara–. Navegando sempre río arriba, sen desmaio, na procura do obxectivo que lle daba sentido á súa obstinada viaxe. Pois o que lle pido é que faga unha viaxe semellante polos ríos da súa memoria.

—Acepto, pero cunha condición –respondeu ela, logo de meditar longamente as miñas palabras–. Vostede lerá os meus textos, mais non quero que me faga comentario ningún sobre eles, polo menos ata que remate de escribir.

—Farémolo así, se é o que desexa –tentei poñer todo o ánimo posible nas miñas palabras–. Adiante, Laura! «A escritura ou a vida», sentenciou un novelista hai algúns anos. Mais, no seu caso, a escritura é tamén a vida. Esas lembranzas poden ser a axuda que precisamos para a súa curación definitiva.

# Capítulo 6

De todo o que falei co doutor cando acordamos que comezaría a escribir estas follas, quizais sexa a imaxe do náufrago na illa deserta a que mellor encaixe cos sentimentos que agora teño. Porque inicio este labor cunha sensación estraña, onde se mesturan o temor á inutilidade do esforzo e a consciencia de non saber a quen dirixo estas liñas. «A vostede mesma, escriba para vostede mesma; cóntese outra vez o que pasou, reviva todo a través das súas palabras», díxome Víctor aquela mañá. Tería que ser fácil seguir os seus consellos, aínda que algo me di que me agardan dificultades que agora non son quen de intuír. O certo é que temo iniciar esta viaxe, quizais porque me dá medo atopar nela momentos que non me gustará lembrar. E, non obstante, non teño ningunha razón para pensar así; se algo me trae a lembranza destes meses pasados, por riba de todos os meus temores, é unha intensa sensación de acougo e felicidade.

O doutor pediume que comezase a contar desde o momento en que cheguei a Galicia. Pero neste intre, cando me vexo diante do papel en branco, sinto que non sería acertado seguir a súa recomendación. Porque é imprescindible que conte tamén as razóns que me fixeron abandonar Madrid e regresar a esta terra da que marchara na miña adolescencia.

É difícil saber en que momento comeza unha nova etapa na nosa vida. Todo está entrelazado e, de deixármonos levar polos fíos que van unindo o que nos pasa, acabariamos retrocedendo ata o momento mesmo do nacemento. Ou ata máis atrás, como facía Sartre en *As palabras*, cando falaba polo miúdo da historia dos seus pais e dos seus avós, nun intento de entender cabalmente a súa vida. Non é a miña intención retroceder tantos anos, pero si iniciarei esta viaxe pola memoria no verán de 1998, naqueles meses de crise que me forzaron a romper coa vida que levaba anteriormente.

É curioso o subxectivo que pode ser o paso do tempo; tan só transcorreu pouco máis dun ano, pero agora paréceme que aqueles sucesos pertencen a unha etapa da miña vida moito máis distante. Aínda así, lembro ben as causas da insatisfacción que me dominaba naquela época, que é quizais o único que ten sentido contar aquí.

Ao comezo do verán, despois de case dous anos de noivado, as miñas relacións con Miguel estaban xa moi deterioradas. E, cando menos para min, acabaron de esnaquizarse ao longo do insufrible mes de agosto que pasamos coa súa familia no chalé que posúen en Marbella, en teoría para podérmonos coñecer todos mellor. O resultado foi o contrario do que Miguel pretendía; só de pensar que me tería que relacionar con aquela xente, soportar as súas impertinencias, aturar as súas conversas baleiras de sentido e as súas posturas políticas reaccionarias, case golpistas, entrábame a ansia de fuxir correndo e non parar ata atoparme a miles de quilómetros deles. Agora que o penso, aquel agosto foi un agasallo do destino, porque me permitiu coñecer o verdadeiro Miguel; mostrándose tal como era diante da súa familia, axudoume a ver que só tiñamos en común algúns elementos superficiais que o paso do tempo axiña se encargaría de desfacer.

Por outra banda, a miña situación profesional non fixera máis que empeorar ao longo dos meses anteriores. Desde que escribira aquelas columnas críticas sobre a ministra de Cultura, as presións para que me despedisen do xornal fixéranse cada vez maiores, segundo me informara o director. Aínda que tiven sempre o seu apoio, chegou o momento en que se viu na obriga de prescindir dos meus traballos, ante a ameaza de deixar de recibir as suculentas subvencións publicitarias das empresas que o Goberno controlaba. Estaba na lista negra, informoume, e o meu futuro como periodista, polo menos en Madrid, presentábase cheo de sombras. O único que podía facer era trasladarme aos servizos de documentación, á espera de que mudase a cor política no goberno do país.

Pareceume unha oferta humillante, que non quixen aceptar. Atopeime así sen traballo e sen saber moi ben que facer da miña vida. Só me quedaba a saída da universidade, ocupar a praza de profesora asociada que me ofreceran reiteradamente e tratar logo de conseguir un posto de profesora titular. Claro que para iso era imprescindible que rematase a miña tese, tantas veces aprazada. Mais, como acabar unha tese naquela situación? Miguel e a súa familia xa facían plans para a voda; querían que fose na catedral da Almudena, con toda a pompa e boato das grandes celebracións. Eu sentíame coma unha mosca presa na arañeira, vendo cada vez máis próxima a araña que zugaría todo o meu sangue e remataría por aniquilarme.

A necesidade de afastarme daquela situación e o meu desexo de acabar a tese fixeron que dentro de min fose medrando a idea de marchar de Madrid. Unha idea que comezou sendo só unha posibilidade coa que fantasiaba ás veces, pero que acabou por converterse nunha obsesión. Necesitaba tranquilidade e acougo, afastarme daquela situación que me afogaba. O problema era como facelo.

As persoas recorremos ao azar para explicar o inexplicable. Supoño que sempre hai razóns ocultas, impulsos inconscientes que nos fan seguir unha ou outra dirección neses momentos en que nos vemos forzados a elixir. No meu caso, creo que, máis que o azar, foi o desacougo interior o que me levou a fixar a miña atención naquela publirreportaxe da Consellería de Turismo do Goberno galego, que atopei mentres folleaba unha revista. Alí dábase ampla información sobre as moitas casas de turismo rural que se abriran nos últimos anos en Galicia, así como sobre o elevado nivel de calidade dos seus servizos. A maiores, facíase fincapé na beleza da paisaxe e na garantía de tranquilidade e acougo que ofrecían.

A palabra tranquilidade foi a que debeu de actuar como motor do meu desexo. Nun recadro viña o enderezo da páxina de Internet onde se podían atopar máis datos sobre o turismo rural en Galicia. Como era de noite e non tiña nada mellor que facer, prendín o ordenador e conecteime na Rede. Axiña localicei a páxina que buscaba. Estaba moi ben feita e era moi completa. E o que máis me interesaba: ofrecía información polo miúdo de cada unha das casas existentes.

Comecei a pasar páxinas e páxinas, deténdome un algo en cada unha delas. Foi curiosa, a sensación que experimentei. Conforme percorría aquelas casas espalladas por todas as comarcas de Galicia, recuperando tantos topónimos que cría esquecidos, sentín que afrouxaba unha miga o desazo que me acompañaba desde había días. Era coma se aquela viaxe virtual servise de alivio para calmar a miña inquietude.

Así, xogando co rato para adiante e para atrás, apareceu na pantalla unha vivenda máis, cun recadro lateral onde se detallaban as súas características. Xa ía pasar a outra, cando algo me fixo determe e ler con atención aquelas poucas liñas onde se informaba da Casa Grande de Lanzós, «un edificio de principios de século completamente restaurado, a poucos quilómetros de Vilalba, na Terra Chá luguesa». Ofrecíanse alí todas as comodidades posibles, biblioteca incluída, e salientábase a beleza da paisaxe da contorna. Pero o que me chamou a atención non foi ese texto, cunha redacción propia de folleto turístico e moi semellante ao das outras casas que se ofertaban, senón o nome do propietario que a rexentaba, Carlos Valcárcel.

Nada máis lelo, o meu corazón comezou a bombear sangue con ímpeto e inundoume unha fervenza de lembranzas que cría esquecidas. Sentinme de súpeto como a mociña que un día fora, como a rapaza adolescente que escribía versos para un amor imposible. Terei que contalo tamén aquí? Supoño que non serve de axuda para o que o doutor desexa, pero sérveme a min; sérveme para entender por que, entre tantas casas de turismo rural como hai en Galicia, acabei reparando na Casa Grande de Lanzós. O azar remexendo os dados no gobelete, ou un escuro designio que nos controla sen nós sabérmolo. De calquera xeito, deixemos para máis adiante as lembranzas, tempo haberá de relatalas cando cadre. Porque agora estaba contando a miña sorpresa ao ver o nome de Carlos Valcárcel asociado a aquela casa.

Cando acougaron as emocións, decateime de que aquilo que estaba a pensar non era posible. O Carlos Valcárcel que eu coñecera había tantos anos continuaría de profesor na Coruña, non podía estar metido nunha casa rural da Terra Chá, o máis lóxico era pensar nunha simple coincidencia de nomes.

Pero alí estaba o azar, impulsándome cada vez máis adiante. Porque daba a casualidade de que aquela casa era das poucas que tiña correo electrónico, e ofrecía a posibilidade de facer reservas a través del. Sen pensalo dúas veces, nun impulso irracional, mandei un correo solicitando máis información e facendo ao final unha pregunta —«Terán na biblioteca o *Arnoia, Arnoia* de Méndez Ferrín?»— que, de modo indirecto, tentaba confirmar se aquel era o Carlos Valcárcel que abrasara o meu corazón adolescente.

Á tarde do día seguinte prendín o ordenador e mirei se tiña algunha mensaxe no correo electrónico. E si, había unha, dando resposta á que eu mandara a noite anterior. Na pantalla, fun lendo a información que me enviaban. Tratábase dun texto neutro e aséptico, que falaba sobre todo canto se podía atopar nos arredores da casa e mesmo remitía a outras páxinas web sobre a Terra Chá. Ao final, nunha especie de posdata, estaba o que eu quería saber, a clave que me fixo abandonalo todo, deixando, aínda que só fose por unha vez na vida, que o meu corazón decidise libremente:

O libro *Arnoia, Arnoia* non se atopa na biblioteca do pazo, pero si na miña biblioteca persoal.

Unha vez coñecín unha Laura Novo que tamén gustaba dese libro. A Laura que eu tratei andará agora polos trinta anos. Ten vostede algo que ver con ela?

Non había dúbida ningunha! Aquel Carlos Valcárcel era o meu amor imposible, a persoa que desencadeara a miña paixón adolescente. Sen pensalo dúas veces, obedecendo un impulso irracional, nese mesmo intre formalicei unha reserva a partir do 15 de setembro. A miña parte racional axiña se puxo a elaborar a coartada que precisaba, xa que aquel era o lugar idóneo para o que eu quería: afastarme de Madrid e traballar seriamente na miña tese. Ía ter toda a tranquilidade do

61

mundo e, ademais, ninguén sabería dar comigo por moito que o intentase.

Foi duro falar con Miguel, informalo de que me ía ausentar unha tempada, explicarlle que, ademais do traballo da tese, precisaba estar soa e reflexionar. O matrimonio era un paso moi importante e quería estar completamente segura do que facía. Díxenlle que marchaba a Galicia, sen especificar máis; de sobra sabía que, de coñecelo, era capaz de aparecer dous días máis tarde no lugar onde eu estivese.

Dediquei os tres días seguintes a resolver diversos asuntos, así como a reunir todo o material da tese e unha bibliografía mínima, imprescindible para o meu traballo. O día 15, de mañanciña, pechei a porta do piso coa sensación de que cruzaba ao outro lado dunha liña imaxinaria, e coa certeza de que abría un novo capítulo na miña vida. E así, co coche cargado de bolsas, libros e carpetas, emprendín a viaxe que me traería a Galicia.

# Capítulo 7

A viaxe a Galicia ocupoume case todo o día. Conforme pasaba o tempo e a cidade quedaba cada vez máis lonxe, a sensación de acougo ía gañando espazo no meu corazón. A un lado e a outro acompañábame sempre a mesma paisaxe, unha chaira inacabable, con aquela gama de amarelos, ocres e castaños, alterada só polos outeiros que aparecían de cando en vez, recortándose contra o ceo. Sen saber por que, atopeime repetindo uns versos de Juan Larrea: «Raza de islas, segregamos soledad como las tapias horizonte», restos dun poema que amara na miña mocidade e que daquela fun incapaz de lembrar enteiro.

Cando xa levaba máis de tres horas de viaxe, cansa daquela condución monótona, abandonei a autovía e busquei a estrada vella, pola que apenas circulaban coches; aínda que me obrigaba a ir máis amodo, apetecíame gozar dos sinxelos praceres da ruta. Custoume resistir a tentación de parar en cada unha das pequenas vilas que atravesaba, todas coas casas baixas agrupadas ao redor da igrexa, que sempre aparecía coroada por un niño de cegoñas na torre do campanario; apetecía pasear sen présa por aquelas rúas estreitas e solitarias, nun día en que o sol do verán xa rebaixara a súa intensidade.

Na miña memoria teño asociada aquela viaxe á sensación de fuxida. Debo recoñecer que, máis que dirixirme a algunha parte, o que facía era escapar, afastarme dunha realidade que me afogaba. Conforme me distanciaba de Madrid, comprobaba como a imaxe de Miguel ía esvaecéndose cunha facilidade que a min mesma me abraiaba. Era coma se, de repente, descubrise a febleza da nosa relación; o alivio experimentado polo simple feito de me afastar del xa me indicaba cal era a solución do problema que tentaba resolver.

Foi, como xa dixen, unha viaxe longa. Parei a xantar en Ponferrada, nun restaurante das aforas. Despois de descansar un tempo prudencial, subín ao coche decidida a afrontar a última etapa que me quedaba. Mentres atravesaba as terras do Bierzo, onde a presenza dos verdes xa anunciaba a proximidade de Galicia, a imaxe de Carlos Valcárcel comezou a impoñerse na miña mente. Quizais era unha tolemia o que facía, se cadra aínda estaba a tempo de dar a volta; se quería soidade podía atopala de sobra en calquera lugar próximo a Madrid.

Desbotei axiña aqueles pensamentos, porque notaba unha forza interior que me impulsaba a seguir a miña viaxe ata o final. É agora cando vexo con claridade que naquel impulso había máis, moito máis que a ansia de afastarme de Miguel e da miña vida pasada. Estaba tamén a ilusión por volver a Galicia, unha Galicia que fora mitificando durante anos na miña memoria. E estaba sobre todo, para que negalo, o meu desexo de reencontrarme con Carlos.

Non ten sentido omitir aquí a raíz dese desexo, ocultalo significaría romper o pacto que fixen co doutor. Aínda que me custe, debo contar tamén as lembranzas que de xeito desordenado viñan ao meu cerebro, todas elas referidas ao ano en que coñecín a Carlos e me namorei del como só unha adolescente pode facelo.

Daquela eu acababa de facer dezaseis anos e comezaba terceiro de bacharelato no instituto Daniel Castelao da Coruña. Aquel curso, Carlos Valcárcel chegara novo ao centro, era o profesor que nos daba a materia de Historia Contemporánea. Tería entón trinta e poucos anos e, des que o vin por vez primeira, sentín por el unha atracción inmediata. Alto e delgado, ía sempre vestido de xeito elegante, pero informal; o pelo que lle caía descoidado sobre a fronte e os lentes pequenos, con montura de pasta negra, dábanlle un aire intelectual que me fascinaba. Pero non era só o seu físico o que me atraía; ao cabo, a cidade estaba chea de homes tanto ou máis atractivos ca el. O que me engaiolou sen remedio foron as súas clases. Eu daquela era unha rapaza chea de soños, apaixonada da lectura, que gardaba no meu interior o desexo de ser unha periodista de sona ou unha desas escritoras que vía fotografadas nas revistas e que admiraba en silencio, mentres fantasiaba sobre un futuro onde eu sería tan famosa e admirada coma os meus ídolos.

Non é difícil de entender que as clases de Carlos fosen unha conmoción para unha rapaza coas miñas inquietudes. Estaba afeita aos outros profesores do instituto, que carecían de calquera atractivo para min. Todos eran de moita máis idade e daban as clases o mellor que sabían; pero, malia intentalo, non conseguían evitar que a rutina os devorase por completo. Era difícil non deixarse levar polo fastío naquel ambiente de sopor que conseguían. Hoxe xa non lembro os seus nomes, nin tan sequera as súas caras, pero aínda, despois de tantos anos, non dei quitado da miña memoria a sensación de aburrimento que me producían.

Por iso a chegada de Carlos foi unha revolución, e non só para min. Carlos era todo paixón, dominábao o afán de saber e de transmitir o que sabía. Estabas na súa clase e pasábache o tempo sen te decatares, mentres el lía, comentaba, preguntaba, analizaba, explicaba uns feitos e uns acontecementos que, por obra súa, deixaban de ser só contidos dun libro que había que estudar e transformábanse en fascinantes anacos de historia; unha historia que, como nunha iluminación, descubrías que tiña relación co que che pasaba a ti, co que pasaba no país, cos feitos que estaban ocorrendo e que vías cada día nos informativos da televisión.

A súa era unha paixón contaxiosa. Lembro con especial intensidade as clases dedicadas a falarnos da historia de Galicia, «esa historia que están empeñados en que non coñezades, porque se a coñecedes nunca seredes os mesmos». E só con iso, con esas poucas palabras que tan ben lembro, xa conseguía interesarnos polo que viña a continuación.

Pero xa me estou desviando, non foi isto o que prometín contar. Ademais, tampouco non creo que teña importancia para os obxectivos destas follas. Aquí debo centrarme só na miña relación con el, porque iso si que pode servir para explicar moitos dos feitos que ocorreron despois.

Sempre fun unha alumna destacada, e nas clases de Carlos, motivada como estaba, o meu rendemento era aínda superior. Así que non é de estrañar que el axiña se fixase en min e tivese comigo algúns detalles que aquel meu corazón adolescente interpretou como síntomas dun interese maior. Nunca tivera un profesor que tomase tan en serio o seu traballo; adoitaba poñer moitas anotacións cando nos devolvía os exercicios, e eu lía unha e outra vez as que me escribía a min, buscándolles un sentido oculto, coma se tivesen que ser mensaxes en clave que eu debía descifrar. Por dicilo dunha vez e con toda claridade: acabei namorándome de Carlos, namorándome cunha paixón abrasadora, desas que só se viven na adolescencia. Supoño que se me notaba, que el se tiña que decatar, malia non atreverme a dicirlle nunca nada. E eu, cega como estaba, quería crer que as súas atencións, as súas palabras de ánimo, as conversas que algunha vez mantiñamos na cafetaría ou no corredor, cando eu acudía a facerlle algunha pregunta, tiñan que obedecer a unha preocupación especial por min.

67

Vendo o meu interese pola lectura, comezou a prestarme libros, algo que tamén facía con outros compañeiros da clase. Por aquelas datas foi cando se publicou *Arnoia, Arnoia*, o libro de Méndez Ferrín, naquela edición de Xerais tan fermosa, que logo eu merquei pola miña conta. Carlos prestoumo un día, e díxome cando mo entregou: «Este libro vaiche gustar, seguro. Aínda que o protagonista é un mozo, supoño que a aventura de facerse grande é igual para calquera persoa.» Afeita como estaba a imaxinar que todas as súas palabras encerraban algunha mensaxe oculta, lin o libro enteiro aquela mesma noite, tentando imaxinar qué tería que ver comigo, ou con nós, todo o que se contaba naquela aventura tan chea de engado.

Non tiña nada que ver, claro, mais daquela eu non o sentía así. A miña cabeza atolada axiña atopou claves que relacionaban cada unha das pasaxes do libro co que a min me estaba a ocorrer, e mesmo acabei pintando na palma da man unha estrela de cinco puntas, a semellanza da que levaba Nmógadah, o mozo protagonista da novela. Sentín entón que a min me correspondía dar o seguinte paso, facerlle ver a Carlos que entendera a mensaxe en clave que aquel libro supoñía, amosarlle un sinal que o axudase a reparar nos meus sentimentos.

Había poucos meses que descubrira a inmensa atracción da poesía, parecíame tan fascinante coma un continente inexplorado. E Pablo Neruda era un dos meus autores preferidos, mesmo cheguei a saber de memoria os *Vinte poemas de amor e unha canción desesperada*. Así que collín un dos seus sonetos de amor e copieino nunha folla de cor rosa; despois metina dentro do libro e devolvinllo. Era un poema que me gustaba moito, aínda o teño gravado na memoria:

*No te amo como si fueras rosa de sal, topacio*
*o flecha de claveles que propagan el fuego:*
*te amo como se aman ciertas cosas oscuras,*
*secretamente, entre la sombra y el alma.*

*Te amo como la planta que no florece y lleva*
*dentro de sí, escondida, la luz de aquellas flores,*
*y gracias a tu amor vive oscuro en mi cuerpo*
*el apretado aroma que ascendió de la tierra.*

*Te amo sin saber cómo, ni cuándo, ni de dónde,*
*te amo directamente sin problemas ni orgullo:*
*así te amo porque no sé amar de otra manera,*

*sino así de este modo en que no soy ni eres,*
*tan cerca que tu mano sobre mi pecho es mía,*
*tan cerca que se cierran tus ojos con mi sueño.*

Durante os seguintes días agardei que pasase algo, dominada por un nerviosismo crecente, mais non ocorreu nada. Carlos seguía tratándome igual ca sempre, como se trata a unha boa alumna, pero sen demostrarme nada significativo. Se algún cambio houbo, foi quizais o de volverse algo máis distante, ou iso me pareceu a min, evitando sempre que nos atopásemos os dous sós. Eu consolábame imaxinando que aínda non folleara o libro e que, por tanto, non descubrira o meu poema. E así, desexando que calquera día se producise o milagre, chegou a fin do curso. Tiven a máxima nota en Historia Contemporánea, recibín a felicitación explícita de Carlos... pero nada máis.

Pasei varios días entre o desencanto e o pesar, desexando que o verán transcorrese veloz e comezase axiña o novo curso. Pero foi daquela cando a miña vida deu un xiro inesperado: ascenderon a papá na súa empresa, a un posto de maior responsabilidade que levaba aparellado traballar en Madrid. Así que alá marchamos todos, lonxe da Coruña, lonxe de Carlos. Foron uns meses horribles, marcados por unha tristeza que só puiden disimular pretextando que me afectara moito o cambio de residencia. Sentíame baleira e desgraciada, coma se o mundo xa non tivese sentido para min. Pero sempre se di que a mocidade mira máis ao futuro, e no meu caso pareceu cumprirse: cando rematei COU e iniciei os meus estudos na universidade, a obsesión por Carlos xa desaparecera da miña cabeza.

Durante todos estes anos pensei que me esquecera del, que non fora máis que un episodio do meu espertar adolescente; unha lembranza desa etapa en que experimentamos coas emocións e sentimentos que logo formarán parte da nosa vida adulta. Iso cría eu, pero naquel momento comprobaba que vivira enganándome ao longo de tantos anos. Porque desde que vira o seu nome na pantalla do ordenador estaba a descubrir que aquela paixón permanecera durmida dentro de min, pero que continuaba viva, coma eses grans de trigo que se descobren ás veces nas escavacións arqueolóxicas, enterrados durante centos de anos e que, non obstante, conservan intacta a súa capacidade de xerminar.

Así que, sabendo todo isto, entenderase ben a morea de sentimentos contraditorios que bulían na miña cabeza mentres atravesaba as montañas de Pedrafita. Tiña a sensación de que me equivocaba tratando de revivir todo aquilo, ben me decataba de que non era máis que unha tolería carente de sentido. Non había ningún dato que me autorizase a pensar que Carlos tivera daquela algún interese por min, fóra do académico, e moito menos que puidese quedar agora algo daquel hipotético interese, se é que o houbo algún día. Pero eu repetía unha e outra vez que, de calquera xeito, a viaxe tiña sentido: dirixíame a unha tranquila casa de turismo rural, un lugar sosegado e relaxante, era o que necesitaba naquela etapa da miña vida. Acaso perdía algo por intentalo? E, poñéndome no peor, se pasados uns días comprobaba que non o podía soportar, era libre de cancelar a reserva que fixera e marchar en calquera momento.

Pasada a vila de Becerreá, volvín entrar na autovía. Abandoneina en Lugo para coller a estrada de Vilalba, o concello ao que pertencía a parroquia de Lanzós. En Vilalba tiven que preguntar varias veces, ata que finalmente localicei o cruzamento onde nace a estrada que leva a Lanzós, estreita e abeirada de bidueiros. Metinme por ela e, en pouco máis dun cuarto de hora, cheguei ao centro da parroquia, non debía haber nin dez quilómetros. E nin sequera me fixo falta preguntar pola Casa Grande, porque desde o adro había carteis que indicaban o camiño.

Cando a vin ao lonxe, desde unha curva onde a estrada se elevaba, xa adiviñei que aquela tiña que ser a casa que buscaba. Era unha construción máis grande do habitual; todo facía pensar que, no seu día, pertencera a unha familia de cartos. Ademais do edificio principal, había unhas dependencias anexas, que seguramente foran cortes ou alboios noutro tempo. Estaba algo afastada da estrada, e chegábase a ela a través dun camiño de grava.

Metinme por el e deixei o coche no espazo reservado para aparcadoiro, nun dos laterais do edificio. Había alí outros seis coches, sinal de que, malia a proximidade do outono, aínda quedaba xente hospedándose na casa. Desde onde aparcara alcanzaba a ver un anaco da piscina, na parte de atrás do edificio, onde andaban a bañarse algúns nenos. Tamén había varias persoas tombadas en hamacas, lendo ou falando entre elas. Todo o conxunto transmitía unha agradable sensación de tranquilidade e sosego.

Tería que sentirme cansa, despois dunha viaxe tan longa. Mais, se o estaba, non o notei. O que sentía por dentro era unha rara excitación, coma se estivese iniciando unha aventura inesquecible. Unha aventura inesquecible! Daquela estaba lonxe de sospeitar que as miñas expectativas se habían de ver satisfeitas de sobra, aínda que nun sentido moi distinto do que eu imaxinaba.

# Capítulo 8

S E isto fose unha narración clásica, eu agora tería que describir con detalle a Casa Grande; mais pouco contarei dela aquí, non é a arquitectura do edificio o que debo relatar nestes escritos. Direi, non obstante, que o primeiro que me chamou a atención foi a sensación de solidez que transmitía. Muros anchos e fiestras pequenas, seguindo un modelo que, como logo souben, respondía á construción tradicional da Terra Chá. Tan só dous amplos balcóns na fachada e unha galería que se estendía polo lado orientado ao oeste rompían a sensación de sobriedade que desprendía todo o edificio. Un soportal de madeira, posiblemente engadido había poucos anos, estendíase ao longo de toda a fachada. Se cadra non era a solución máis estética, pero si a máis útil para se resgardar tanto do sol coma da chuvia, como máis adiante tiven ocasión de comprobar.

Aínda que me fixei ben en todo o que tiña diante, o certo é que a miña atención se centrou decontado no home que se ergueu dun banco de madeira situado ao pé da porta principal e se achegou a min con pasos rápidos, acompañado dun can que parecía seguilo a todos lados. Había quince anos que non o vía, mesmo chegara a ter medo de non recoñecelo; mais cando o vin parado en fronte miña, tiven a sensación de que o tempo non transcorrera. É certo que estaba maior: o paso dos anos branqueáralle o pelo, acentuara o afundimento dos seus ollos e marcara inmisericorde o trazo das engurras que lle cruzaban a cara. Pero era a mesma imaxe de Carlos que eu gardara con nitidez no meu cerebro, a que me acompañara durante todos aqueles anos, mesmo sen ser consciente da súa existencia.

Saudámonos con dous bicos e cunha tímida aperta de mans, coma se ningún dos dous soubésemos como actuar nunha situación así. Eu estaba contenta, pero algo nerviosa, sen saber moi ben por onde podían discorrer as cousas. Tamén Carlos parecía alegre, e axiña tentou romper aquela situación incómoda:

—Laura, Laura Novo! Benvida á Casa Grande de Lanzós! Quen me ía dicir a min que aquela rapaciña miúda das miñas clases acabaría converténdose nunha muller tan guapa como a que teño diante?

Deseguida, sen darme tempo a lle responder nada, pasou a exercer o seu labor de anfitrión:

—Virás cansa, logo dunha viaxe tan longa. Seguro que antes de nada queres ducharte e cambiarte. Ven, acompáñote ata o que vai ser o teu cuarto mentres esteas con nós.

—Preciso unha ducha, si. Mais antes teño que subir a equipaxe –contestei, ao tempo que abría o maleteiro do coche, que viña cheo ata reverter–. Paréceme que, coma sempre, trouxen cousas de máis.

—Non te apures, colle só o que necesites para agora. Despois xa se encargará Moncho de subilo todo ao teu cuarto.

Quitei o neceser onde viñan os meus útiles de aseo e mais unha bolsa onde gardara algunha roupa por se precisaba cambiarme durante a viaxe. Carlos colleu as dúas cousas e pediume que o seguise. Cando entramos no recibidor, que comunicaba cunha ampla sala, sorprendeume agradablemente o gusto con que estaba todo decorado, con solucións que respectaban o carácter tradicional da casa e creaban un ambiente cálido e acolledor. Subimos ao piso de arriba por unhas escaleiras de madeira que desembocaban nun espazo circular do que partían dous corredores perpendiculares entre si. Botamos a andar polo máis longo, ata chegarmos a unha porta que Carlos abriu, pedíndome que entrase.

Supoño que el xa agardaba a miña sorpresa ante aquel dormitorio que superaba todas as expectativas que eu puidera ter. Era un cuarto amplísimo, que daba á galería lateral; ao pé dela había dúas filas de macetas cunha variada mostra de plantas, entre as que sobresaían algunhas begonias de diferentes cores. O pálido sol do solpor entraba polos vidros e inundaba todo o cuarto cunha luz dourada que lle outorgaba un aire fascinante. Axiña se me foi a vista para os dous cadros de gran tamaño situados nunha das paredes. Un deles era de Seoane, recoñecino decontado por telo visto reproducido ben de veces; o outro, unha composición abstracta onde predominaban os trazos verdes, tiña o estilo inconfundible de Menchu Lamas.

En canto ao mobiliario, había unha cama grande, un armario e unha cómoda que parecían corresponder coa época de esplendor da casa. Eses mobles antigos contrastaban cos que había no outro extremo do cuarto. Unha mesa que ben había ter metro e medio de longa, coa súa cadeira e cun arquivador de rodas colocado debaixo; un andel baleiro, arrimado á parede, completaba aquel mobiliario de deseño moderno.

—Como viñas para traballar, procurei prepararche un cuarto axeitado. Aí debaixo, ao pé da mesa, tes a toma de corrente para o ordenador. Mandei tamén instalar unha nova liña telefónica, con todo preparado para a conexión a Internet.

—Mercaches estes mobles porque viña eu?

—Xa o ves, tampouco foi tanto gasto. E eran necesarios; onde habías traballar se non?

—E non se che ocorreu que podo mudar de opinión e marchar dentro de poucos días?

—Penseino, si, mais axiña desbotei esa posibilidade –contestou Carlos, logo de dubidar se eu falaba en serio ou non–. Ilusióname que esteas aquí. O dos mobles tómao como unha iniciativa para conseguir que quedes ben de tempo.

Non sabía que dicir ante aquel trato de privilexio, que conseguira desconcertarme e que, ao tempo, facíame sentir afagada. Quizais Carlos interpretou que o meu silencio obedecía ao desexo de quedar soa, porque engadiu:

—Agárdote no salón, dentro dunha hora. Hoxe ceas comigo, es a miña invitada; temos que celebrar a túa chegada como se merece.

Saíu do dormitorio e deixoume soa. Espinme e entrei no cuarto de baño, pequeno, pero con todos os detalles que fan agradable a vida cotiá. Mentres me duchaba, fixen o propósito de abandonar prevencións ridículas, era mellor aceptar con naturalidade as situacións que xurdisen. Sentíame tan alegre e feliz que, unha hora máis tarde, duchada e cambiada, sorprendinme cantaruxando unha canción mentres baixaba as escaleiras. Canto tempo había que non cantaba?

Carlos agardábame no salón, entretido na lectura dos xornais. Axiña serían as nove, a hora sinalada para a cea. Pasamos a un comedor confortable, situado á dereita do salón, onde algunhas mesas xa estaban ocupadas. Tratábase en todos os casos de parellas novas, algunhas delas con nenos pequenos, aínda que tamén había algún adolescente.

—Xa che presentarei mañá a xente que temos con nós, a maioría son clientes habituais. Hoxe ti e mais eu ceamos xuntos, quero terte para min só. Tes que contarme moitas cousas!

—E ti tamén, non o esquezas –respondín, alegre como poucas veces–. A primeira, que fas aquí, nun lugar onde nunca pensaría atoparte?

—Todo ao seu tempo, agora cómpre facerlle os honores á cea que nos preparou María –Carlos sorríalle á rapaza que se achegara á mesa para servirnos–. Hoxe temos minestra de verduras e troitas fritas. As verduras son da horta nosa, e as troitas, do río Magdalena, non está nin a catro quilómetros de aquí. Troitas de verdade, das que xa non quedan!

As loanzas non eran gratuítas. Atopei deliciosos os dous pratos, e non foi só pola fame que traía. En canto comezamos a cear, Carlos pediume que lle falase do que fixera durante os anos pasados.

—Hoxe cóntasmo por riba, sen entrar en moitos detalles –díxome–. Para a letra pequena habemos ter tempo os outros días.

—E desde cando queres que che conte? –pregunteille.

—Pois desde o verán de 1985, desde que te fuches da Coruña –respondeu–. Des que eras unha rapaza de dezasete anos e eu tiña prohibido namorarme de ti.

Fiquei inmóbil durante un anaco, incapaz de pronunciar palabra. Carlos sorríame dun xeito cálido, coma se non fose consciente da carga de profundidade que encerraban as súas palabras nin da conmoción que provocaban en min.

—Iso tes que explicarmo despois –acertei a dicir, mentres me esforzaba por aparentar unha tranquilidade que non sentía.

—Tempo haberá, prométocho. Lembra que fixeches a reserva por un mes, e que sempre podes ampliala. Pero agora correspóndeche a ti –díxome cun aire pícaro, animándome unha vez máis a falar.

Entón comecei a relatarlle todo o que fora a miña vida desde o afastado 1985. Fíxeno con pracer, aproveitando aquela oportunidade para poñer en orde todo o que andaba mesturado na miña cabeza. A mar-

78

cha da miña familia a Madrid, logo do ascenso do meu pai na empresa. Os meus anos de universidade, nas facultades de Xornalismo e Ciencias Políticas. Os meus traballos en sucesivas revistas e xornais, as dificultades para abrirme camiño nunha profesión onde cada vez era máis difícil manter a honradez necesaria para poder mirarse no espello sen vergonza. Os meus intentos de chegar a ser alguén no mundo literario, a publicación do meu primeiro libro… Nun plano máis persoal, faleille da separación dos meus pais, do falecemento de mamá e do infarto que sufrira o meu pai algúns meses despois, das relacións cada vez máis distantes e frías co meu irmán. E tamén do meu noivado con Miguel, dos proxectos de voda e dos meus medos, da inquietude que me producía non poder controlar a miña vida. Finalmente, comenteille o meu propósito de rematar a tese e optar a un posto de traballo na universidade.

—Así que eses son os motivos da túa viaxe a Galicia? –comentou Carlos, despois de escoitarme coa maior atención–. Sabes que máis parece unha fuxida que un reencontro co teu país?

—Reencontro ou fuxida, tanto ten; quizais haxa nela algo das dúas cousas –respondín, incómoda ante aquel comentario. Non me apetecía falar máis de min, e tamén desexaba evitar as preguntas que Carlos me podería facer sobre o meu noivado–. Eu cumprín coa miña parte, xa sabes o esencial. Agora tócache contar a ti; teño ganas de saber como se pasa de dar clases de Historia a dirixir un negocio de hostalería.

—Todo che ten unha explicación doada, non creas que hai nada estraño –respondeu–. Eu tamén vou comezar no ano 1985. Aínda que, de xeito deliberado, omitirei calquera comentario sobre o moito que me afectou a marcha daquela alumna inesquecible que tanto interese tiña nas miñas clases.

Non sei se foi dor ou ledicia o que sentín tras aquelas palabras que escoitaba con tantos anos de atraso. Acaso era posible desandar os camiños errados e recuperar as oportunidades perdidas?

CAPÍTULO 9

POR todo o que Carlos me contou aquela noite, souben que continuara dando clase no mesmo instituto pero que, curso tras curso, a súa vida profesional se fora enchendo de problemas. A súa práctica pedagóxica non encaixaba coa da maioría do profesorado do centro, que dera en lle facer un baleiro progresivo, poñéndolle atrancos a todas as súas iniciativas. As queixas sobre o aumento da indisciplina nas clases, primeiro indirectas e logo explícitas, eran continuas. Ademais, un malestar semellante manifestárase tamén por parte dalgúns pais, que se queixaban de que as súas clases tiñan unha inapropiada orientación política, que non respectaba os contidos do programa, que estaba inculcándolles ideas perniciosas aos seus fillos. Mesmo a Consellería lle abrira un expediente, a raíz dunha discusión violenta co director, que acabou nunha suspensión de emprego e soldo durante un mes. Atopábase cada vez máis desmoralizado, aínda que seguía gozando da aberta simpatía dos alumnos, e canso de ter que medir coidadosamente cada unha das palabras que dicía nas súas clases. Unha situación sen saída, que mesmo ameazaba con afundilo nunha depresión.

—A vida está chea de xiros inesperados, ás veces moi dolorosos –continuou Carlos–. En novembro de 1988 morreu o meu pai e, poucos meses despois, seguiuno a miña tía Marta. A tía Marta permanecera solteira toda a vida e, ao pouco de falecer mamá, decidira mudarse á nosa casa para coidar de nós; en certo xeito, para min foi como unha segunda nai. Ti non tes por que saber nada da miña familia paterna, como é lóxico, pero é moi doado resumir o esencial: os Valcárcel foron sempre unha estirpe de avoengo, a clásica familia de fidalgos caciques que eu vos explicaba nas miñas clases. Tiñan un pazo enorme á entrada de Ribadeo, e non se movía unha folla en toda a Mariña de Lugo sen permiso deles. Un día teño que ensinarche as fotos do pazo, porque del xa non queda nada en pé; agora hai alí unha urbanización de chalés pareados.

»Co paso dos anos, a familia Valcárcel foi minguando en número e influencia, mais non en propiedades, que acabaron quedando concentradas nas mans do meu pai e da tía Marta. Así que, ao finaren, atopeime cunha herdanza que me facía dono de non sei cantas terras e soares, así como de diversos edificios na Coruña, en Santiago e por toda a Mariña de Lugo, propiedades das que só tiña un coñecemento vago. Era unha fortuna inmensa que me permitía, se así o desexaba, vivir sen traballar durante o resto da miña vida.

»Se as cousas no instituto non se torcesen daquela maneira, quizais continuase dando clases; sempre me gustou o ensino, e máis o da Historia. Nunca pensei que os cartos fosen nada decisivo na vida; de feito, durante moitos anos negueime a aceptar nada do que insistentemente me ofrecía o meu pai e seguín vivindo do meu salario de profesor. Aquel golpe de fortuna abríame uns camiños que me permitían saír daquela situación tan incómoda. Decidín solicitar unha excedencia indefinida, co propósito de me dedicar de cheo ás miñas dúas afeccións preferidas: as viaxes e a fotografía.

»Durante máis de dous anos, percorrín o mundo en todas as direccións, sempre coa miña cámara de fotos, na procura dos lugares soñados, eses lugares que a fascinación infantil ou as ficcións literarias nos fan mitificar: os dilatados bosques canadenses, os mohais da illa de Pascua, a luz do amencer nas augas do Ganxes, as amendoeiras en flor na aba do Fuji Yama, as pirámides de Exipto, as canles e prazas de Venecia, as rúas de Praga, as ruínas do Machu Picchu, o Bairro Alto de Lisboa, a montaña de Uluru, a gran rocha vermella que veneran os aborixes australianos… Mais a fascinación inicial foi arrefriando co transcorrer dos meses, e aquel continuo ir e vir acabou por converterse nunha viaxe a ningunha parte, case como unha fuxida de min mesmo.

»Foi unha tarde, en Elsinor, contemplando o mar desde os muros do castelo de Hamlet, cando tomei conciencia de que non tiña sentido a vida que levaba. Sentíame un cidadán do mundo, si, pero todo mundo ten un centro. Salvando as distancias, o que estaba a experimentar era un proceso semellante ao vivido por Adrián Solovio, o protagonista de *Arredor de si*, a novela de Otero Pedrayo que seguramente lembrarás, ata creo que era de obrigada lectura no instituto. Decidín que xa estaba ben de viaxes e que debía aceptar que, como dixo o poeta, cada persoa é dun tempo e dun país. E se algo tiña moi claro é cal era o meu país. Así que, sen pensalo máis, decidín instalarme en Galicia de xeito definitivo.

»É curiosa a importancia que teñen os anos da infancia na vida de calquera persoa. En vez de quedar a vivir en Santiago ou na Coruña, como pensei ao primeiro, acabei decidíndome por esta casa onde estamos agora, o lugar ao que a miña nai me traía durante todos os veráns cando era neno. Deixei de vir aos quince anos, a idade que tiña cando ela finou, nun accidente estúpido que o meu pai se reprochou toda a vida. El nunca quixo volver aquí, pero preocupouse de que a casa estivese sempre coidada e lista para ser habitada en calquera momento.

Carlos parou de falar e, mirándome aos ollos, preguntoume:

—Estoute aburrindo, Laura? Non teño remedio: non nos vemos desde hai tantos anos, sóbrannos cousas interesantes das que falar. E que fago? Perder o tempo contándoche unhas lembranzas familiares que quizais non che interesen nada.

—Estás moi equivocado, o que me molesta é que non sigas. A todos nos gusta que nos conten historias –respondín, mentres lle sorría con agarimo. Non eran palabras de cumprido, a narración de Carlos conseguira cativarme. Facendo como que me enfadaba, puxen cara seria e engadín–: Ordénoche que continúes coa túa historia familiar!

—Pola miña parte, encantado. Por onde iamos?

—Por esta casa. Ías contarme como viñeches vivir aquí.

—Este era o lugar dos meus veráns infantís, como xa che dixen, sempre pasabamos aquí os meses de xullo e agosto. A familia da miña nai tamén tiña un certo desafogo económico, aínda que moi lonxe da riqueza dos Valcárcel. Este edificio levantouno o meu bisavó; Vicente, creo que se chamaba. Emigrara a Cuba e xuntara aló unha fortuna respectable. Volveu convertido no típico indiano, e o primeiro que fixo foi construír a mellor casa en moitos quilómetros á redonda, un evidente símbolo externo da súa fortuna. Unha vivenda que, logo de diversos avatares, acabou herdando a miña nai. Ela sentíase feliz aquí, non soportaba pasar dous meses seguidos sen vir; este era o seu centro do mundo. O meu pai sempre respectou esa querenza; mesmo cando ela xa non estaba, nunca esqueceu a paixón que a súa dona sentía por este lugar.

»A min pareceume que a mellor homenaxe que lles podía facer aos dous era volverlle dar vida a esta casa. Por iso decidín instalarme nela, convertela tamén no centro do meu mundo. Supoño que as lembranzas da infancia pesaron o seu; hai moito de certo nesa idea de que as persoas, conforme pasan os anos, ansiamos recuperar ese paraíso perdido que é a nenez. E, ao pouco de estar aquí, foi cando decidín convertela nunha casa de turismo rural. Era unha maneira de ter algo útil que facer e, ao tempo, un pretexto para estar sempre acompañado.

»Inaugurámola en 1993, despois de facer todas as obras necesarias. Non reparei en gastos, xa irás vendo que está coidada ata o máis mínimo detalle. E conserveille o nome con que, de sempre, a coñecían en toda a parroquia: a Casa Grande, a Casa Grande de Lanzós. A casa é o corpo principal do conxunto, pero logo hai outras dependencias que construín para que o lugar contase con todas as comodidades. E trasladei aquí a miña biblioteca e a colección de pintura galega que fun reunindo nestes últimos anos. Ao pouco tempo de inaugurala, a Casa Grande xa era unha referencia no mundo do turismo rural. Non houbo revista nin xornal que non se ocupase dela, loándoa sempre con palabras entusiastas e salientando, por suxestión miña, a súa orientación cultural. Unha estratexia para librarme da burguesía rica e inculta que tanto abunda no país e para, en cambio, atraer aquí o tipo de persoas que me interesan.

—E como fas para levar unha empresa así? Non che dá moito traballo?

—Muller, traballo dá, son moitos os asuntos aos que hai que atender. Pero non estou eu só, hai unha familia que me axuda e que coida de todo durante as tempadas en que me ausento. Viven nunha casa que está preto de aquí, a menos de cen metros, non sei se reparaches nela. El chámase Moncho e fai un pouco de todo: coida do xardín, arranxa os estragos, atende os animais... María, a súa dona, é quen cociña; ten unhas mans divinas, como ben puideches comprobar. Teñen unha filla de dezaseis anos, Gloria, que estuda o bacharelato en Vilalba, e que tamén bota unha man. E logo, para a limpeza e o servizo, teño empregadas tres rapazas da zona. É máis que suficiente para que todo funcione como é debido.

Carlos fixo unha pausa e logo, despois dun segundos de silencio, engadiu:

—E, por riba, o negocio é rendible. Tanto me ten, daría igual que perdese cartos, podo permitirme ese luxo. Pero é que, case sen querer, teño boas ganancias, e iso que os meus empregados están ben pagos. Xa ves como son as cousas!

Neste punto, Carlos pareceu dar por concluído o seu relato, un relato que cumprira a función de darme a coñecer as liñas principais da súa vida nos últimos anos, pero no que atopaba algunhas omisións que me interesaba saber. Finalmente, atrevinme a preguntarlle:

—Non me comentaches nada da túa vida sentimental. Non hai, ou non houbo, ninguén na túa vida?

—Ven, imos dar un paseo por fóra –díxome, coma se a miña pregunta non existise–. Está unha noite preciosa, das que seguro que xa non estás afeita a ver. Pero antes vai por unha chaqueta, as noites da Terra Chá xa son frías nesta época do ano.


Erguémonos e saímos ao exterior. Afastámonos algo da casa, seguindo un camiño que había por tras dela. Agás algunhas luces das vivendas máis próximas, a escuridade era total, malia a ausencia de nubes. Ollei para o ceo; unha infinidade de estrelas escintilaban por riba de nós, o firmamento cubríndonos coma unha acolledora colcha escura. Mentres camiñabamos, tiven a sensación de que eramos os dous únicos habitantes deste mundo, illados naquela escuridade que me producía un estraño acougo. As palabras de Carlos fixéronme volver á realidade:

—Houbo un amor, si; unha persoa que coñecín ao pouco de marchares da Coruña. Entre o 87 e o 89 estivemos casados, pero o matrimonio non funcionou. A ilusión inicial foise esvaecendo e, ao pouco tempo, atopámonos con que non había nada que nos unise, agás algunhas vivencias compartidas que non conseguiran arraigar. Separámonos de común acordo; non foi difícil, non había fillos polo medio. Logo, ela casou outra vez, merecía atopar alguén mellor ca min. Seguimos sendo amigos; aínda vén por aquí co seu home de vez en cando. Pero xa non queda nin o menor sinal do amor que un día houbo entre nós.

Fiquei en silencio, sen saber que dicir. Carlos, como querendo rematar con humor aquela confesión do seu fracaso sentimental, engadiu:

—Así que agora o meu corazón pertence a Dédalo, o mastín que viches ao chegares. El é o amigo fiel co que nunca podería enfadarme.

Decidín seguirlle a broma, xa estaba ben de confesións por aquela noite. Así que desviei a conversa cara aos anos do instituto, o terreo firme que tiñamos en común. Pasamos revista a persoas e sucesos, e aínda rimos coas nosas visións contrapostas –eu como alumna, el como profesor– de todo canto ocorrera aqueles anos. Coma se houbese un acordo tácito, non fixemos referencia ningunha aos sentimentos que eu –e tamén el, polo que me insinuara durante a cea– experimentara aquel ano, nin ao *Arnoia, Arnoia* nin ao meu ridículo poema de amor. Quizais eses temas necesitaban dun terreo máis firme e debían agardar a que medrasen os lazos de confianza entre nós.

Era tarde, moi tarde, cando rematamos de falar e nos retiramos a durmir. Eu estaba moi cansa da viaxe, pero sentíame excitada e alegre por todo o que me ocorrera nas últimas horas. Xa na cama, mentres esperaba a chegada do sono, tiven a sensación de que ía vivir unha etapa de total felicidade. Non sabía ben qué equivocada estaba, non podía imaxinar que o mal que me agardaba xa comezara a tecer os seus primeiros fíos ao redor de min.

# Capítulo 10

Os meus primeiros días na Casa Grande foron unha festa continua, o mellor bálsamo para aliviar o desacougo interno que me acompañaba desde había varios meses coma se xa formase parte de min. Carlos dedicaba case todas as horas do día a estar comigo, someténdome a unha actividade ininterrompida; parecía empeñado en que non nos quedase sen visitar ningún dos lugares senlleiros da comarca. Fixemos saídas a Vilalba, á igrexa de San Simón, ás terras frías de Abadín, ao fascinante Mondoñedo, onde nos achegamos ao cemiterio vello para ver a tumba de Álvaro Cunqueiro... Para chegarmos aos sitios máis afastados usabamos o coche pero, as máis das veces, cando nos moviamos polos arredores, iamos a pé ou en bicicleta, ou incluso a cabalo, xa que na casa había dous destes animais para practicaren a equitación os hóspedes que o desexasen. Eu non montara nunca, e Carlos ensinoume o imprescindible para poder facelo, aínda que ao máis que me atrevía era a un trote lixeiro e sen complicacións.

Aquelas excursións facían medrar dentro de min un sentimento de reencontro con Galicia, coma se espertasen esa dimensión panteísta que se nos atribúe aos galegos. Ou quizais todo era máis elemental, e só se trataba do meu reencontro coa natureza, despois de tantos anos de vida na cidade. O tempo, ademais, parecera aliarse con nós. Tiñamos un outono con días solleiros e calmos, que invitaban a pasar as horas fóra da casa. Gustabamos de camiñar sen seguirmos ningún rumbo prefixado, internándonos por fragas e soutos solitarios ou ascendendo ata o cume dos outeiros máis próximos.

Por outra banda, a miña vida dentro da casa era tamén moi agradable. María e Gloria acolléronme coa maior amabilidade desde o primeiro momento, tratándome coma se levase vivindo con elas toda a vida. Non podo dicir o mesmo de Moncho, que se mostraba esquivo e áspero comigo, respondendo só con monosílabos aos meus intentos de me relacionar con el. Aínda que me custase recoñecelo, tiven que aceptar a evidencia de que refugaba o meu contacto, procurando non permanecer nunca nos lugares onde eu estivese.

Nun primeiro momento atribuíno á miña condición feminina, supuxen que estaría azorado polo feito de ser eu unha rapaza nova, quizais non sabía ben como debía tratarme. Mais, co paso dos días, logo de observar como se relacionaba con outras mulleres, tiven que renderme á evidencia: aquel comportamento áspero e esquivo era só comigo, había algo que non funcionaba entre Moncho e mais eu. Mesmo repasei unha e outra vez todo o que fixera desde a miña chegada á casa, na procura dalgún motivo que explicase o noso desencontro; se cadra había algo que eu fixera inadvertidamente e que puido molestalo. Pero non atopaba nada que xustificase aquelas miradas que ás veces me dirixía, nas que percibía unha mestura de medo e rancor que me deixaba desconcertada.

A medida que iamos entrando no outono, os clientes foron facéndose máis escasos, de maneira que moitos días eu era a única hóspede na Casa Grande. Tan só as fins de semana seguía vindo xente, case todos clientes habituais. Había dúas familias que eran fixas, rara era a semana que fallaban; mesmo tiñan xa reservados cuartos de seu. Aínda que ao primeiro tentaba gardar as distancias, acabei tendo unha boa relación con aquela xente, porque Carlos propiciaba as reunións nocturnas no salón, onde permaneciamos de conversa durante horas e horas.

Unha das parellas era de Vigo; el traballaba nunha editorial e ela daba clases nun instituto. Tiñan unha filla de sete anos, un terremoto miúdo e gracioso que nos trataba a todas as outras persoas da casa coma se fósemos os membros dunha gran familia. A outra parella vivía en Lugo; traballaban os dous no Museo Provincial e andaban desde había varios anos elaborando a que algún día sería unha completísima guía dos seres do mundo imaxinario galego. Tiñan dous fillos xa mozos. O maior comezara aquel ano os estudos na universidade e só os acompañaba en contadas ocasións. A que viña sempre canda eles era a filla, Iria, unha adolescente de dezaseis anos coa que axiña fixen amizade porque, des que soubo que eu era periodista, non se separaba de min, empeñada en que lle contase os segredos da que ela imaxinaba unha profesión fascinante.

Cunhas circunstancias así, entenderáseme ben se digo que lembro aquela etapa da miña vida como algo parecido ao que debe ser a felicidade; só a presenza de Moncho me facía baixar daquela especie de nube rosa en que me atopaba. Un día, durante un dos paseos habituais que dabamos polos arredores despois de xantar, comenteille a Carlos a miña preocupación polo rexeitamento que cría observar en Moncho. El tratou de quitarlle importancia, atribuíndoo todo a imaxinacións miñas. Mais como insistín, achegando probas do que dicía, finalmente non lle quedou outro remedio que recoñecelo:

—Pensei que non te decatabas, por iso non che comentei nada. Pero tamén eu reparei no seu comportamento, case desde o mesmo día que chegaches. Como me parecía unha desconsideración, falei con el para que me explicase as razóns da súa actitude.

—E agora xa as sabes? –preguntei, intrigada–. Por que non me dixeches nunca nada?

—Non cho comentei porque son todo parvadas sen importancia ningunha. Cousas de Moncho, que tamén ten as súas rarezas. É mellor que non lle fagas caso e sigas facendo a túa vida con normalidade. Xa lle pasará.

Tiven que poñerme pesada e teimar unha e outra vez durante unha boa parte do camiño ata conseguir quebrar a resistencia de Carlos, que parecía empeñado en fuxir daquela conversa coma do lume. Á fin, xa canso, deuse por vencido:

—Contareicho, se tanto che interesa. Pero tesme que prometer que non lle vas dar importancia nin deixarte impresionar por dixomedíxomes e crenzas propias dunha sociedade atrasada. Ten en conta que Moncho non saíu de aquí en toda a vida, onde máis lonxe estivo foi en Lugo cando tivo que facer o servizo militar.

Vendo que eu non dicía nada, seguiu andando en silencio, como buscando as palabras coas que continuar. Despois dun tempo, engadiu:

—Aínda que che custe crelo, todo ten que ver co teu cabelo, co feito de que sexas roxa de pelo. Engádelle a iso o problema que supón, segundo el, o de seres «demasiado guapa» –Carlos sorriu por un instante, se cadra para evidenciar que compartía esa última opinión–. Moncho cre que non deberías estar aquí, que nunca debiches vir á Casa Grande.

—Que amable! E pódese saber por que? –atopábame desconcertada, non acababa de entender o sentido daquel rexeitamento.

—Pois, por dicircho coas palabras del…, porque existe o perigo de que espertes a Gran Besta –concluíu Carlos case nun fío de voz, coma se lle custase traballo pronunciar.

—Que vou espertar a quen? Estás burlándote de min, non si? –naquel momento non sabía se rir ou enfadarme, o último que agardaba era unha cousa así–. Pódesme explicar que significa esa parvada da Gran Besta?

—Verás, é un pouco longo; ten que ver con algunhas crenzas que hai por esta zona. Pódencho contar ben os nosos amigos de Lugo; se queres, coméntallelo cando veñan esta fin de semana. Eles teñen moi estudada esta crenza e opinan que non hai nada raro nela; parece ser que existen outras moi semellantes en diversos lugares do mundo, aínda que con outros nomes. Segundo as súas explicacións, todas teñen que ver coa dualidade clásica, a oposición entre o ben e o mal. Xa sabes que a humanidade sempre creou mitos para explicar o noso lado escuro, a infinita maldade da que somos capaces os humanos. Resulta demasiado duro aceptar que o mal está dentro de nós, que todos temos tamén unha zona de sombra. É máis tranquilizador personificalo en algo ou en alguén.

—Queres deixar todas esas interpretacións ridículas? Por que non me explicas dunha vez que é iso da Gran Besta e que pinto eu nunha lenda destas terras alleas a min? –respondín, indignada.

Carlos pareceu dubidar. Logo fixo un xesto de impotencia e díxome:

—Moncho teme que a túa presenza faga acordar a Gran Besta, que a esperte do sono que dorme nas profundidades do inferno. –Parou un momento para comprobar a miña reacción e logo continuou–: Isto non ten nada que ver coa relixión, o inferno do que che falo só se parece no nome ao dos católicos. Trátase de algo máis simple, moito máis elemental. Segundo estas crenzas, por debaixo de nós, no interior da terra, está o inferno, o lugar onde moran os portadores do mal; ou sexa, os demos que traen a maldade ao noso mundo. E o xefe de todos –o Demo Maior, por dicilo cunha expresión ben galega– é a Gran Besta, que dorme un sono profundo e só esperta en moi contadas ocasións.

—Agradézolle moito a documentada conferencia, señor profesor –ironicei, sen poder ocultar a miña irritación–. Pero aínda non me contou que pinto eu en todas esas lendas.

—Non te enfades comigo, Laura; lembra que fuches ti quen me pediches que cho contara.

—Perdoa, perdoa, non me fagas caso. Sigue e acaba de explicarmo dunha vez.

—Verás, hai moitas historias sobre as veces en que a Gran Besta espertou do seu letargo e saíu ao exterior, entrando no noso mundo. Como ben adiviñarás, son as clásicas lendas que pretenden ter un aire de verdade e que aínda se contan coma se sucedesen realmente. En todas elas, a desencadeante é unha muller. Unha muller fermosa, representada sempre co pelo vermello, supoño que por asociación co lume. Restos da tradición cristiá: xa sabes, a muller como engado do mal e incitadora de todos os pecados. Ben mirado, no fondo deberías sentirte afagada.

—Pois non o estou, non consigo tomalo tan a broma coma ti –respondín, contrariada–. E sigo sen entender que teño que ver eu con todo iso. Non somos maioría, pero rapazas roxas de pelo aínda hai ben delas. Así que non sei por que ese Demo Maior se vai fixar en min, perdida aquí nesta aldea de Lugo.

—É que hai algo máis, a historia non estaría completa se non che dixese que, segundo estas crenzas, existen varias entradas a ese mundo subterráneo, espalladas por Galicia adiante. Son as chamadas portas do inferno, lugares malditos dos que a xente foxe. Por elas saen os demos ao exterior, son a canle de contacto entre o noso mundo e o deles. E unha desas portas está non lonxe de aquí, nos montes de San Simón, eses que temos aló diante, pechando xa a chaira –Carlos apuntaba agora cara ao norte, onde uns montes escuros parecían sinalar a fin do mundo–. Demasiado preto para Moncho. Por iso ve con prevención que eu marche a andar contigo por aí, mesmo me insistiu que non nos achegásemos nunca pola zona. Xa ves ata onde poden chegar as supersticións cando se mestura todo nunha mente simple como a súa.

Eu non son impresionable, nunca o fun. Toda a miña vida transcorrera na cidade, lonxe das supersticións do mundo rural. Levaba lidos moitos libros, sabía de sobra que todo o que Carlos me contara non eran máis que residuos de mitos arcaicos, propios de sociedades agrícolas que viviran pechadas a todos os avances do progreso. A Santa Compaña, os mouros, os lobishomes, as ánimas dos mortos… todo comezara a desaparecer coa chegada da luz eléctrica, desde que Galicia abandonara definitivamente unhas formas de vida máis propias do Medievo. Na actualidade, eran outros os monstros que había que temer, bastante máis reais, e que non tiñan nada que ver con lendas que carecían de sentido ás portas do século XXI. Mais, aínda sabendo todo iso, non puiden evitar que un arreguizo de xeo me percorrese o fío do lombo e que a imaxinación comezase a traballar fóra do meu control.

Tentei continuar pola vía do humor, ironizando sobre o bo gusto dos demos e sobre a posibilidade de tinguir o pelo doutra cor, para acabar así co meu rol de engaioladora. Finalmente, optei por desviar a conversa, non me apetecía continuar falando dun tema que tiña a virtude de desasosegarme. E fixen a promesa de que trataría de esquecer aquela cadea de absurdos. Pensei que o conseguiría, mais agora sei que estaba equivocada: teño a certeza de que foi aquela tarde cando a semente do medo, unha semente diminuta pero moi poderosa, comezou a botar as primeiras raíces no meu interior.

# Capítulo 11

Un día de finais de setembro, Carlos tivo que marchar a Lugo para facer diferentes xestións administrativas relacionadas coa casa. Era o primeiro día que pasaba sen el desde a miña chegada, a primeira vez que podía decidir eu soa que facer coas miñas horas. Considerei que tiña diante o momento idóneo para comezar a revisión dos materiais que pensaba utilizar na redacción da tese, apetecíame iniciar xa o labor que me trouxera ata a Casa Grande. Ademais, o tempo semellaba aliarse cos meus plans, porque o ceo aparecía cuberto por unhas mestas nubes negras que ameazaban chuvia e disuadían de saír ao exterior.

Pasei a mañá enteira revisando e ordenando todas as fichas e papeis que gardaba nas miñas carpetas. Traballei duro ata a hora do xantar, cada vez máis animada ante a perspectiva de retomar en serio a redacción da tese. As horas transcorreron case sen decatarme, embebida nun labor que tiña a virtude de apaixonarme en canto profundaba nel. Xantei na cociña, acompañada das palabras amables de María, disposta a proseguir co meu traballo pola tarde. Pero cando xa subía outra vez para o cuarto, comprobei que o tempo cambiara ao longo da mañá: o sol acabara gañándolles a batalla ás nubes e o ceo presentábase agora case despexado. Había algo no aire, naquela luz de outono, que parecía aloumiñar a natureza e invitaba a saír fóra.

Decidín que non me viría mal un paseo polo campo, camiñar sen rumbo fixo ata cansarme; o exercicio físico tiña a virtude de deixarme a cabeza despexada, xa o sabía doutras veces. Se continuaba co traballo, entre a fatiga da mañá e o sopor de despois de xantar, corría o perigo de bloquearme e perder o tempo apampando diante dos papeis. Neses casos, sabíao por experiencia, era moito mellor deixalo todo e agardar que pasasen as horas. Así, nada me impedía continuar pola noite e traballar ata que me vencese o sono.

Tiña a intención de achegarme ata a fraga de Vilagondriz, un dos lugares que xa visitara con Carlos; apetecíame camiñar entre árbores vedrañas, andar soa por onde non houbese ninguén. Mais, ao saír fóra, enxerguei os montes de San Simón fronte a min, ofrecéndose tentadores aló no horizonte. Desde onde eu estaba amosaban a imaxe da natureza en estado puro, sen rastro ningún de vida humana. Decidín entón cambiar de plans, engaiolada pola posibilidade de camiñar por vieiros realmente solitarios; podería ir en coche ata os somontes e continuar logo a pé sen rumbo definido, deixándome guiar pola emoción da descuberta.

Decidida a perderme por aqueles espazos que tanto me atraían, collín as chaves do coche e dirixinme ao aparcadoiro. Cando xa ía entrar no vehículo, vin que Dédalo se achegaba a todo correr. Parou onda min, ollándome sen deixar de mover o corpo, con evidentes acenos de impaciencia. Non era a primeira vez que o facía, acompañáranos outras veces nas excursións que Carlos e mais eu emprendiamos. Ao parecer, o can collérame agarimo e desexaba marchar comigo. Tamén a min me apetecía levalo de compaña, así que lle abrín a porta de atrás e deixeino entrar no coche. E así, acompañada de Dédalo, comecei a miña viaxe pola estrada que leva a San Simón.

Cando cheguei ao pé das terras altas, abandonei a estrada e metinme por unha pista de terra que parecía sinalar os límites da chaira. Aparquei nun punto onde a pista ancheaba o suficiente para que o meu coche non estorbase o posible paso dalgún tractor; a poucos metros do lugar medraban dous enormes carballos, que me servirían de referencia cando volvese. Deste xeito, con Dédalo sempre ao meu carón, comecei o meu paseo. Pasaba algo das tres, e sabía que non anoitecería ata as oito. Tiña, por tanto, cinco horas para camiñar por onde eu quixer.

Botei a andar, primeiro por un carreiro empinado que parecía subir ata o cume do monte que tiña diante; axiña me desviei por vereas estreitas que se bifurcaban de xeito caprichoso, e, finalmente, por monte aberto. Aínda que desde lonxe os montes semellaban outeiros de escasa pendente, a realidade era ben distinta; por veces a ascensión facíase difícil, e axiña desistín da miña idea inicial de chegar ao cume. Prefería camiñar polas partes baixas da ladeira, xa era dificultade suficiente atopar un espazo onde poñer o pé entre tanto toxo como alí medraba. E así, cada vez máis animada polo exercicio físico, atravesei valgadas, crucei regatos, subín a penedos espidos semellantes a lombos de animais prehistóricos. Agás algúns carreiros que de cada pouco se insinuaban entre a maleza, non encontrei ningunha pegada humana ao meu redor. Sentíame coma se estivese soa no mundo, formando parte daquela natureza que semellaba inalterada desde había miles de anos.

Despois de andar sen rumbo durante varios quilómetros, ollei fronte a min un outeiro de pouca altura e que parecía ter unha pendente máis suave. Entroume o devezo de chegar ata o cume e enxergar a paisaxe desde el, unha sensación infantil pola que me deixei arrastrar. Acelerei o paso e, cando cheguei a onde a ladeira comezaba, empecei a subir monte arriba con decisión, buscando por entre xestas e toxos un camiño que me permitise ir gañando metros co menor esforzo.

Foi ao bordear unhas penas, preto xa do cume, cando atopei a cova. Desde lonxe non reparei nela, porque as xestas e silveiras que medraban diante impedían a súa visión. Pero Dédalo, que se me adiantara na ascensión, detivera a súa marcha e, inquieto, ventaba o aire coma se intuíse a proximidade dalgún perigo. Cando me acheguei o suficiente, puiden ver o que inquietara ao can: tiña diante a entrada dunha gruta que ben había medir dous metros no seu punto máis alto. Alí, parada fronte a ela, viñéronme á memoria as palabras de Carlos. Sería esta a cova que motivara o nacemento das absurdas supersticións que me contara? Ou só era unha máis das moitas que habería por aqueles montes? Ben mirado, un pouco máis ao norte, xa preto de Mondoñedo, estaba todo o labirinto das covas do Rei Cintolo, aínda hoxe parcialmente inexploradas; non era nada estraño que houbese outras cavernas menores polo arredor. E tampouco o era que eu batese cunha daquelas furnas.

Supoño que era lóxica a fascinación que sentín daquela, a calquera persoa lle causaría impresión descubrir unha gruta como a que tiña diante. A luz do sol só conseguía penetrar uns poucos metros no seu interior; logo, a escuridade era total, de maneira que resultaba imposible saber ata onde chegaba aquela caverna. Movida pola curiosidade, decidín entrar nela, acompañada sempre por Dédalo. O chan aparecía lixeiramente inclinado cara abaixo e, aínda que a altura do teito diminuía algo conforme me internaba, podíase camiñar de pé con certa comodidade.

Axiña cheguei ao límite en que a luz do exterior permitía albiscar as paredes da cova. Continuei avanzando co maior coidado, mais tiven que determe cando a escuridade me rodeou coma se fose un espeso fluído. Fiquei parada, sen atreverme a seguir entre aquela intensa negrura. Despois dun tempo de inmobilidade, pareceume que os ollos se me afacían á escuridade e que podía distinguir, aínda que fose dun xeito impreciso, os contornos das paredes que me rodeaban. Andei algúns pasos máis, pero detívenme en seco cando reparei en que Dédalo daba en ladrar alporizado, dun xeito que eu nunca lle escoitara. Os seus ladridos fixéronme deter e, ademais de inmobilizarme, deixáronme desconcertada e, por que non recoñecelo, tamén moi asustada. Por que reaccionaba daquela maneira?

O certo é que se non chega a ser pola intervención do can eu non estaría agora contando aquí a miña aventura daquela tarde. Os ladridos de Dédalo forzáronme a actuar con rapidez; foi entón cando lembrei que levaba na miña mochila unha pequena lanterna, un deses aparatiños pouco máis grandes ca un rotulador. Prendina e comprobei con alivio que as pilas aínda non estaban gastadas. A luz era escasa, pero suficiente para que axiña descubrise a causa do alporizamento do can: a poucos pasos por diante de min, o pasadizo remataba bruscamente, coma se a terra se afundise, e deixaba paso a unha sima, ou un pozo, do que non se adiviñaba nin a fondura nin a súa extensión. Dédalo acababa de salvarme a vida, era evidente que o seu instinto percibía o que a miña vista era incapaz. Se chegase a ir soa, estaría agora no fondo daquel pozo, quen sabe a canta profundidade, sen ninguén que me valese.

Cando me recuperei do susto e o meu corazón volveu latexar con normalidade, entroume a curiosidade por saber que habería naquel pozo. Con todo o coidado, mirando ben onde poñía os pés, achegueime ata o seu bordo. Enfoquei entón a lanterna en dirección a aquela profundidade, pero a débil luz apenas conseguía vencer minimamente unhas tebras espesas coma o alcatrán. No medio da negrura, tan só chegaba ata min un rumor apagado, coma se máis abaixo discorrese algún regato subterráneo.

Entón collín unha pedra e deixeina caer naquel abismo de negrura, disposta a calcular a fondura da sima. Lembraba ter feito algún problema semellante nas clases de Física do instituto; sabía que só debía contar os segundos que tardase en chegar o ruído ata min, o tempo era o dato relevante, aínda que non soubese ben que facer despois con esa cantidade. Xa contara ata quince cando escoitei o ruído da pedra ao bater contra o fondo: un ruído amortecido, que parecía vir de moi lonxe, e que me confirmaba que Dédalo acababa de salvarme dunha morte segura.

Erguinme e dei a volta, asustada, con Dédalo detrás de min. Cando me encontrei fóra da cova, afasteime algúns metros dela e busquei un lugar libre de maleza para sentar nel e recuperar as miñas forzas. A proximidade do perigo deixárame un intenso desacougo interior, algo que xa me tiña pasado outras veces que me vira en situacións apuradas. Era a confirmación de que todo pode cambiar nun instante, por moi seguros que nos sintamos, coma se a vida fose, en realidade, un continuo camiñar por areas movedizas.

Desistín de continuar coa miña excursión; todo o entusiasmo que sentira ata daquela desapareceu de repente. Ademais, entre unhas cousas e outras, o reloxo indicaba que xa eran horas de volver. Mentres facía o camiño de volta, pensaba que, se aquel era o pozo que provocaba os temores de Moncho, non me parecía nada estraño que as xentes do lugar aceptasen convencidas tantas crenzas irracionais. Decidín non contar nada do meu paseo, nin sequera a Carlos; con non volver nunca máis por aquel lugar, xa estaba todo arranxado. Pola miña parte, o mellor era esquecelo todo. Xa chegaba coa actitude de Moncho e aquela absurda teima súa sobre a cor dos meus cabelos.

# Capítulo 12

Lembro nesta hora o que me aconteceu aquela tarde na cova e non podo evitar que un estremecemento me percorra o corpo enteiro. Se me deixase levar polos meus sentimentos, finalizaría aquí mesmo esta redacción que me fai asociar a escrita con lembranzas tan amargas. Pero ben sei que iso iría contra os meus esforzos por curarme, e que a miña obriga é seguir as indicacións do doutor: debo contalo todo aquí, revivir unha por unha as sensacións que experimentei durante os días que seguiron, por dolorosas ou desacougantes que me poidan resultar.

Porque o certo é que, a partir daquel día, comecei a percibir cousas que nunca antes experimentara; foi coma se dentro de min se producise un cambio sutil do que non me decatei ata que xa era imposible ocultalo. Dáme vergonza explicalo aquí; sei que son feitos que non teñen sentido, que quizais só obedecían aos desaxustes que se estaban comezando a producir no meu cerebro. Mais teño que facelo, describir todo tal como o vivín daquela, se quero ser fiel ao meu pacto co doutor.

Non sabería concretar o momento exacto en que o notei por vez primeira, quizais foi xa ao día seguinte de visitar a cova. O certo é que comecei a ter a estraña sensación de que alguén estaba a observarme durante as vinte e catro horas do día. Talmente coma se unha presenza incorpórea vixiase cada un dos meus pasos.

Ocorríame sobre todo cando me encontraba soa: andando polo corredor, camiñando entre as árbores das fragas próximas, paseando polos camiños que comunicaban coas outras casas do lugar… Era sempre unha sensación molestísima, un intuír que alguén, a poucos pasos por detrás de min, axexaba todos os meus movementos. Cantas veces me teño xirado, nun desprazamento súbito, para enfrontarme cara a cara con aquel misterioso perseguidor que a miña imaxinación creaba! Pero nunca había ninguén detrás de min, como é natural. Cada vez que me volvía e atopaba só o baleiro, tiña a confirmación de que aquela presenza estaba unicamente na miña cabeza. Pero iso só me tranquilizaba no momento, porque ao pouco tempo volvía experimentar o mesmo, se cabe con maior intensidade.

Ás veces, sobre todo en lugares solitarios, a sensación chegaba a ser tan viva que mesmo me parecía sentir un alento fétido e malsán rozándome a caluga, coma se ese ser innominado que me axexaba fose saltar en calquera momento sobre min. E, por riba, aquela inquietude miña tiña a virtude de desasosegar tamén a Dédalo, confirmando así que os animais posúen un sexto sentido para captar o estado de ánimo das persoas. Porque, cando máis atemorizada estaba eu, máis ladraba e gruñía o can, coma se se contaxiase dos meus temores.

Preferín non contarlle a ninguén nada de todo isto, nin tan sequera a Carlos. Ademais, nos momentos en que o pánico non me dominaba, vía con claridade cal debía ser a orixe daquela aprehensión que me invadía. Era evidente que as historias que Carlos me contara, unidas ao perigo certo que correra na cova, acabaran por confluír no meu inconsciente, provocando eses temores irracionais que me asaltaban. Se a todo iso lle engadía a sensación de soidade e silencio, afeita como viña ao boureo e ás luces de Madrid, ata acabou por parecerme lóxico que me ocorrese todo aquilo.

Houbo, non obstante, un feito que me puxo fóra de min, aínda que obxectivamente non tivese importancia ningunha, e mesmo sinta reparo de contalo aquí. Ese feito provocou que aqueles temores irracionais se incrementasen ata acabar por converterse nunha obsesión que cada vez me resultaba máis difícil ocultar.

Como xa dixen, Carlos tiña unha grande afección pola fotografía, á que dedicaba unha boa parte do seu tempo. Era impresionante a colección de retratos que gardaba no seu estudo; moreas e moreas de fotos das persoas máis diversas, coidadosamente ordenadas en cadansúa caixa coma se aquilo fose un catálogo exhaustivo que encerrase a inmensa variedade do rostro humano. Como el dicía, «cada fotografía é o vestixio dunha cara, unha pegada desa viaxe terrible e fascinante que é a vida humana». Eu podía pasar horas contemplándoas, imaxinando historias para aqueles rostros, sempre en branco e negro, dotados dun intenso poder evocador.

Carlos comentárame repetidas veces o seu interese por facerme unha serie de retratos; un interese que, por que non recoñecelo, me facía sentir afagada. Un día, despois de almorzarmos xuntos no comedor, díxome que aquela mañá era ideal para realizar as miñas fotos, antes de que a luz do outono desaparecese devorada polas cores máis apagadas do inverno. Eu aceptei encantada, así que pasamos a mañá facendo fotos, tanto na casa como polos arredores. Despois de xantar, mentres Carlos se pechaba no laboratorio de revelado, eu marchei ao meu cuarto para continuar o traballo. Non o facía só por avanzar nel, senón tamén porque necesitaba estar ocupada, esquecer, aínda que fose temporalmente, as obsesións que me roldaban pola cabeza.

Á noitiña, cando me reunín con Carlos, pregunteille polas fotos. Contestoume que teriamos que repetir a sesión outro día, porque os negativos saíran manchados, se cadra por culpa dalgún dos líquidos do revelado. Como insistín en que mas deixase ver aínda que estivesen defectuosas, foi ata o seu estudio e tróuxomas. Nunha primeira ollada, as fotos parecéronme magníficas, nunca na miña vida me fixeran ningunha con aquela forza: máis que o meu rostro, o que parecía verse nelas era unha radiografía minuciosa dos meus sentimentos e emocións.

Non obstante, era verdade que non estaban ben reveladas, porque en todas elas, sempre por detrás de min, víanse unha especie de manchas, máis intensas nunhas ca noutras, borrosas e difusas como farrapos de néboa gris. Curiosamente, as manchas nunca danaban a miña figura, senón que aparecían sempre no que era a paisaxe de fondo.

Aínda que lamentei que as fotos estivesen estragadas, non lle dei maior importancia ao feito, e mesmo insistín en quedar con algunhas onde me atopaba especialmente favorecida. Cando as tiña todas estendidas por riba da mesa, para seleccionar as miñas preferidas, Moncho entrou na sala e púxose a acender a cheminea. Debía de estar atento ao que falabamos porque, antes de saír, pasou a carón de nós e parou un momento para ver as fotografías. Despois de ollalas cunha atención inusual, fitoume con ollos acusadores e marchou de xeito apresurado para a cociña.

Non contaría todo isto, ao que daquela non lle dei importancia ningunha, se non fose porque despois da cea, cando eu xa case me esquecera das fotos, observei como Moncho tiraba de Carlos con disimulo e marchaba con el cara ás escaleiras que levaban á bodega. Intrigada, erguinme e, facendo coma que examinaba unha figura do aparador, tratei de escoitar o que falaban aló abaixo.

Apenas dei entendido algunhas frases, dado que conversaban con voz apagada. Moncho parecía moi excitado e, polo que deducín, tentaba explicarlle a Carlos que as fotos non estaban estragadas polos líquidos; que as sombras eran algo real que acabara aparecendo no retrato, por insólito que parecese. Carlos aparentaba seguirlle a corrente, respondendo con monosílabos.

Confeso que o que oín foron só retallos, palabras soltas, que me serviron para deducir o sentido da conversa. Pero houbo unha frase que Moncho pronunciou en voz máis alta, antes de daren por concluído o diálogo e de que eu me vise obrigada a abandonar o lugar onde me situara. Unha frase que chegou nítida aos meus oídos, e que tivo a virtude de intensificar de xeito irremediable o meu desacougo:

—Esa sombra, don Carlos, esa sombra. É a Gran Besta, axexando.

# CAPÍTULO 13

PENSEI que as follas que escribín hai unha semana serían as derradeiras, porque durante estes días pasados non me sentín con forzas para continuar co meu relato. A insistencia de Víctor é a causa de que o intente hoxe de novo, malia todos os temores que me asaltan, pois supón abrir as portas a realidades que non desexo lembrar. Así que retomo outra vez esta travesía polos ríos da memoria, este difícil avanzar contracorrente, sen poder evitar a asociación coa inquietante viaxe de Marlow río arriba, cara ao corazón das tebras.

Correspóndeme agora enfrontar a lembranza daqueles días de novembro na Casa Grande, e o primeiro que volve á miña memoria é o intenso temor que se apoderou de min. Porque aquel medo irracional, aquela sensación de que algo indefinible me perseguía en todo momento, non facía máis que acrecentarse a cada instante. Se é certo que os fantasmas interiores chegaron a dominar o meu cerebro, como asegura o doutor, foi naquelas semanas cando se instalaron dun xeito permanente dentro de min.

A sensación de que alguén me vixiaba acabou por converterse nunha obsesión exasperante. Era un terror absurdo, case paranoico, que me obrigaba a estar nunha tensión permanente, buscando a compaña de alguén en todo momento. Os meus paseos solitarios acabaron desaparecendo, en parte tamén porque o tempo tampouco axudaba. Novembro trouxera días fríos, co ceo sempre cuberto de nubes, e con chuvias que descargaban sobre a chaira cunha intensidade como nunca vira. Apetecía máis quedar na casa, un refuxio cálido e seguro, escoitando o monótono bater das pingas contra os cristais.

O traballo da tese converteuse no refuxio que necesitaba. Mantiña frecuentes conversas con Carlos sobre ela, dalgún xeito servíanme para ter máis claros os argumentos e as ideas que quería desenvolver. As horas que pasaba lendo e escribindo eran unha illa de calma que contrastaba coas inquietudes que me asaltaban noutras horas do día.

Tamén foi naquelas datas cando comezaron os malos soños. Ata entón, eu sempre tivera soños tan comúns coma os da maioría das persoas. Non é que de cando en vez non sufrise algún pesadelo, toda a xente os padece nalgún momento da súa vida. Pero o que comezou a ocorrerme era moi distinto, porque os pesadelos se producían cunha frecuencia moito maior do que sería normal. É ben pouco o que podo dicir do seu contido. Cando espertaba suorenta no medio da noite, lembraba só imaxes soltas do soñado, malia esforzarme en retelos; a miña mente consciente debía de borralos decontado para que non quedasen na memoria.

Case sempre acordaba no momento en que quería botar a correr, angustiada ante unha ameaza que non era quen de concretar, e me vía imposibilitada de facelo porque as pernas se negaban a obedecer e permanecían como cravadas no chan. A angustia medraba ata facerse insoportable, e entón espertaba, bañada en suor e co corazón golpeándome atolado na caixa do peito. En ocasións berraba en soños, un berro entrecortado que sempre espertaba a Carlos; neses casos, el acudía ao meu cuarto e permanecía comigo ata que lograba prender outra vez no sono.

Por riba, a actitude de Moncho continuaba inalterable. Evitaba en todo momento o contacto directo comigo, aínda que tampouco desaproveitaba ningunha ocasión para expresar, mediante indirectas, o desazo que lle provocaba a miña presenza. Lembro unha noite en que, cando estabamos os cinco reunidos despois da cea, nos mandou calar cun aceno imperativo. «Escoitade, escoitade», dixo con voz ansiosa. Todos gardamos silencio, e así puidemos oír con nitidez un son repetido, que procedía da carballeira próxima.

—É a curuxa —dixo Moncho—. Leva varias noites durmindo a carón da casa.

—Veña, Moncho, non empeces —contestoulle Carlos—. A pobre curuxa ten todo o dereito a andar pola carballeira, érache boa se agora non puidese aniñar preto da casa.

—Venta a morte, a curuxa venta a morte —rosmou Moncho, como falando para si.

Unha dura mirada de Carlos conseguiu que non dixese nin unha palabra máis mentres permaneceu na casa. De cando en vez, ollábame de esguello, coma se eu tivese que entender o que me dicía coa mirada. Foi un episodio desagradable, que me fixo retirar máis cedo para o meu cuarto, na procura dun acougo que só atopaba cando me mergullaba no traballo.

Porque o certo é que avanzaba na elaboración da tese cunha rapidez que a min mesma me sorprendía. Cando me concentraba a redacción saíame fluída, coma se as palabras estivesen ordenadas no meu cerebro, agardando só a que as puxese por escrito. A finais de novembro levaba xa tres capítulos redactados e as pezas do puzle parecían encaixar á perfección.

Pero neses últimos días do mes, cando todo parecía marchar algo mellor, cando xa Carlos me convencera de que as miñas obsesións eran froito dunha conxunción de factores onde entraban a sensación de soidade e desarraigamento, o tempo invernal e a miña extrema sensibilidade, foi cando se produciu un suceso terrible, un primeiro aviso que xa me tería que poñer en garda, pero que naquel momento non cheguei a comprender.


Lembro que o tempo cambiara de xeito brusco. Os días calmos do outono xa eran só unha lembranza, e o inverno viñera coa intensidade dos peores días. Afeita a vivir na cidade, onde a presenza de tantos edificios o tempera todo, xa non lembraba que as forzas da natureza se podían manifestar dun xeito tan violento. O vento do norte, frío coma o xeo, baixaba das montañas e varría as terras da chaira, batendo con furia contra a carballeira que resgardaba a casa pola parte de atrás. Desde o meu cuarto escoitaba o ruído que facía o aire ao sacudir con violencia as pólas espidas dos carballos, acompañado polo repicar das pingas de auga que batían con forza inusitada contra os cristais.

Unha desas noites en que toda a furia da natureza parecía descargar sobre nós, espertáronme uns fortes ladridos, aos que seguiu un ouveo prolongado que se sobrepoñía ao zoar do vento e que me fixo lembrar os meus peores pesadelos. Case deseguido, escoitei ruído no cuarto de Carlos. Como oín que abría a porta, ta-mén eu me erguín e saín ao corredor. Carlos vestírase apresuradamente e xa baixaba polas escaleiras, cunha expresión de inquedanza no rostro. Volvín entrar no dormitorio e puxen roupa de abrigo, disposta a acompañalo. Cando baixei, atopeino ao pé da porta principal, cunha escopeta na man.

—Era Dédalo o que ladraba, algo pasa aí fóra –díxome–. Queda no soportal e ilumíname coa lanterna.

Collín a lanterna do caixón que me indicou e saín canda el. Coloqueime no extremo do soportal e alumeei o camiño que levaba ata a caseta onde durmía Dédalo, unha sinxela construción ao pé da corte dos cabalos. Carlos achegouse a ela e, tras mirar no seu interior, meteuse logo na corte. De alí a uns minutos volveu onda min, cun aceno de preocupación na cara.

—Dédalo non está na caseta, e tampouco cos cabalos. É ben raro, nunca se ausenta pola noite

–comentou–. Déixame a lanterna e agárdame dentro. Vou mirar ao redor da casa.

Carlos marchou e eu quedei no soportal, agardando. Vía o raio de luz movéndose e furando nas tebras, iluminando anacos que deixaban ver a chuvia intensa que caía. Logo, a luz perdeuse pola parte de atrás. Transcorreron uns minutos angustiosos ata que vin outra vez a claridade que indicaba o regreso de Carlos. Pola expresión que traía, axiña adiviñei que algo malo pasara, tal como decontado me confirmaron as súas palabras:

—Dédalo está morto; atopeino no camiño que leva á carballeira. Debeuno atacar algún animal, ten feridas terribles por todo o corpo.

Entramos na casa. Carlos quitou o chaquetón mollado e deixou a escopeta enriba de mesa. Sentou nunha cadeira e díxome:

—Eu vou quedar aquí ata que amenza. Ti vai durmir outro pouco, se queres.

Pero eu non podía durmir, seríame imposible conciliar o sono nunha situación así. Fun ata a cociña e preparei café. Despois volvín onda Carlos e sentei cabo del. Os dous agardamos en silencio a que pasasen as horas, ensumidos nos nosos pensamentos, ata que unha claridade tenue foi adelgazando as tebras e, finalmente, amenceu o novo día.

Eran as oito cando Carlos decidiu saír fóra. Eu calcei unhas botas de auga e fun canda el, desoíndo as súas insistentes peticións de que quedase na casa. Parara de chover, aínda que as nubes negras seguían cubrindo o ceo; o vento xélido continuaba a varrelo todo, e tamén disipou os restos de sono que tiñamos. Démoslle a volta á casa e camiñamos ata un alboio onde se gardaba a leña cortada para a cheminea.

Alí detrás estaba o corpo de Dédalo. A auga caída lavárao todo e, agás na boca e na lameira onde xacía, apenas había xa restos de sangue. Unha das patas traseiras estaba rota, colocada nun ángulo imposible. Pero o terrible eran as feridas do corpo, unhas esgazaduras que o percorrían desde o pescozo ata o rabo. Uns cortes coma de coitelo afiado, que deixaban ao descuberto a carne e parte das vísceras.

Carlos colleu un dos vellos cobertores que tapaban a leña e envolveu con el o corpo do animal, trasladándoo ao interior do alboio. Despois volvemos para a casa e agardamos a chegada de Moncho e María. Ou dous apareceron ás nove, a hora en que iniciaban o seu traballo. Non fixeron falta moitas palabras para informalos do que ocorrera. Deseguida, os dous homes saíron fóra, colleron cadansúa pa do almacén e foron outra vez deica o alboio.

Desde a fiestra, estiven observando os seus movementos. Moncho non paraba de falar, cunha viva inquietude no rostro, unha inquietude que contrastaba coa expresión hermética de Carlos. Cavaron un furado profundo ao pé da nogueira e logo depositaron nel o corpo de Dédalo. Finalmente, volveron cubrilo coa terra, colocando por riba os terróns de herba que sacharan ao primeiro. Quen non soubese nada do ocorrido non se decataría nunca da improvisada tumba que agora había na horta.

121

Máis tarde, mentres falabamos na cociña na procura dunha explicación, María aventurou que quizais fora cousa dos lobos. Aínda que cada ano a súa poboación era menor, seguían habitando na parte máis esgrevia e afastada dos montes de San Simón. Non era o primeiro inverno que baixaban da montaña, impulsados pola necesidade de alimentarse. Parecía raro que chegasen tan lonxe, meténdose xa en campo aberto, pero había que ter en conta que cada vez lles resultaba máis difícil atopar o alimento que precisaban.

Aínda así, aquela hipótese non servía para explicar as feridas que puideramos ver no corpo de Dédalo. Foi Carlos quen aventurou que posiblemente todo fose obra dun xabaril. Cada vez había máis, o seu número ía en aumento ao estaren protexidos e prohibida a súa caza, e tampouco non era raro que baixasen ata as casas. Os machos de gran tamaño posuían uns cairos capaces de facer aquelas feridas longas e rectas, coma de coitelo, que acabaran coa vida do can. Ademais, na terra había abundantes pegadas de pezuños, aínda que, ao estar todo enlamado, fose difícil identificalas con precisión.

A hipótese de Carlos era a máis crible e axiña nos convenceu a todos. A todos agás a Moncho, que me miraba con olladas de temor, coma se en vez de verme a min estivese contemplando unha aparición. De cando en vez falaba á parte con María, con frases curtas que eu adiviñaba referidas a min, malia non dar entendido nada do que dicía.

O certo é que, por esa rara facilidade que temos os humanos para esquecer o que non nos interesa lembrar, acabei borrando tamén da memoria o desgraciado incidente que rematara coa vida de Dédalo. Lamentaba a ausencia do can, claro; chegara a collerlle un certo agarimo e, ademais, non esquecía que me salvara de caer por aquela sima sen fondo, da que tan preto estivera na miña visita á cova. Pero, á fin, era un animal e non unha persoa. E se Carlos sabía sobrepoñerse á súa perda, con máis razón había de poder facelo eu.

Se soubese ler ben os avisos que a vida me mandaba, se daquela decidise marchar da Casa Grande para sempre, quizais non ocorrería nada do que sucedeu despois. Ou se cadra si, quizais o destino de todos nós está xa escrito de antemán e, coma naquel conto da Morte e o criado do vello mercader de Bagdad, son inútiles todos os intentos que fagamos por escapar del. Porque o único certo é que quedei en Lanzós, coma unha avelaíña incapaz de deixar de voar ao redor da luz que a atrae. Como ía adiviñar que nos días vindeiros un horror aínda meirande había facer a súa aparición?

# Capítulo 14

CÚSTAME un enorme esforzo continuar coa redacción destas follas, porque me achego á parte máis difícil e dolorosa, á lembranza duns feitos que me farán revivir tamén a angustia e o sufrimento que os acompañaron. Se non fose pola fe cega que teño no doutor, non escribiría nin unha liña máis. Pero durante todos estes días pasados non fixo máis que teimar en que debía proseguir, que agora non podía determe, despois de todo o camiño que xa levaba andado. Así que tratarei de continuar co meu relato, neste remontar o río ata o corazón das tebras. Son consciente de que me vai ser imposible narrar os sucesos con obxectividade, tal como os vivín naquelas xornadas, porque agora sei o que ocorreu despois, e iso condicionará de xeito inevitable o que teño que contar.

Quizais no meu escrito de hai uns días non expresei con suficiente claridade o impacto que me produciu a morte de Dédalo e mais todas as circunstancias que a rodearon. Aínda que ao primeiro aceptei sen dubidar a versión do ataque do xabaril, o paso do tempo foi rillando a miña certeza inicial ata facela desaparecer, tal coma unha couza incansable na que non reparamos ata que todo se derruba. Que cairos eran os dese animal, capaces de facer unhas feridas tan limpas e profundas coma as que eu vira no corpo do can? Como é posible que as poutas de Dédalo estivesen limpas, sen resto ningún que indicase a ferocidade da loita que se debeu producir entre os dous animais? Por que as pegadas do suposto xabaril só estaban no lugar onde se producira a loita, e non continuaban logo nalgunha outra dirección, sinalando os camiños por onde tivera que achegarse e fuxir?

Con todo, se hei de ser sincera, debo dicir que esas preguntas non eran a miña preocupación principal. O que de verdade me obsesionaba era algo novo: as relacións que, contra a miña vontade, comecei a establecer entre o que lle ocorrera ao can e os mitos e crenzas que Carlos me contara. Quedaba absorta en calquera momento do día, deixándome levar pola miña imaxinación, encaixando as pezas que conectaban o mundo real co trasmundo fantástico. Acaso non comezaran os meus temores e pesadelos despois de visitar a cova onde, de non ser por Dédalo, estivera a piques de morrer? Podería esa gruta ser a mesma que espertaba tanta prevención na xente do lugar? E se a pedra que tirei ao fondo, ou só a miña presenza, espertara esa besta que, segundo as lendas, durmía nas profundidades daquel pozo?

Escribo aquí estas preguntas porque o doutor me manda poñer todo o que lembre daqueles días, e non atopo maneira mellor de expresar a miña inquietude. Pero daquela estes pensamentos só estaban dentro de

126

min de xeito subliminar, eran temores que nin tan sequera cheguei a verbalizar como agora estou facendo, quizais por medo a non poder resistir o espanto ante algo que desafiaba as leis do que coñecemos como o mundo real. Mal podía eu saber que unha proba aínda máis dura me agardaba poucos días despois.

O que me dispoño a contar ocorreu a primeiros de decembro. Lémbroo ben, porque había unha ponte de catro días e iso motivou que a Casa Grande se enchese de hóspedes e recuperase a animación das súas mellores tempadas. Ademais doutros clientes que eu non coñecía, alí se reuniron de novo a maioría dos habituais, como a familia do editor de Vigo ou a do reloxeiro da Coruña. E viñeron tamén Charo e Sebastián, o matrimonio que traballaba no museo de Lugo, desta vez cos dous fillos seus. En canto me viu, Charo axiña me informou das últimas novidades referidas á súa filla:

—Aínda non atopaches a Iria? Ten moita gana de saudarte. Non sei que lle dás cada vez que vimos, que a tes engaiolada. Sabes que anda sempre a falar de ti e que agora está coa teima de que quere ser periodista? Ata tinguiu o pelo da mesma cor que o teu! Cousas da idade, aos dezaseis anos vólvense todas toliñas!

Eu rinlle a graza e non lle dei maior importancia. Era verdade que Iria sentía admiración por min; cando viñan á Casa Grande sempre andaba ao meu rabo, empeñada en que lle fixese caso; teimaba de xeito especial en que saíse a dar unha volta con ela en bicicleta, unha das súas maiores afeccións. E, como puiden comprobar en canto a rapaza deu comigo, era certo que tinguira o pelo, mudando a súa cor castaña por outra case idéntica á do meu cabelo. Amosoumo, orgullosa, insistindo en que nunca máis o ía cambiar. Tolemias da adolescencia! Debo recoñecer que, coa súa leria inesgotable, conseguiu alegrarme a tarde e transmitirme unha boa parte do humor e a vitalidade que a ela lle sobraban. Que lonxe estaba de saber que as cousas ían cambiar de xeito drástico poucas horas despois!

O suceso ocorreu o segundo día da ponte, pola tarde. Despois de xantar, un grupo de persoas improvisamos unha tertulia ao redor da cheminea. Era agradable estar alí, amodorrados pola calor e a dixestión, escoitando as historias que Sebastián e o reloxeiro enfiaban de xeito incansable. Polo que souben despois, toda a xente nova marchara para a sala da televisión e estivera vendo *Xasón e os argonautas*, unha película de aventuras que botaban no programa da tarde.

A iso das cinco, Iria preguntáralles aos outros se alguén se animaba a dar un paseo en bicicleta. Ninguén quixera ir con ela, porque o tempo estaba frío e apetecía máis quedar na casa, así que acabara marchando soa. Supoño que tamén viría mirar á sala, coa secreta esperanza de que eu a acompañase, pero ao verme tan entretida na tertulia nin se debeu atrever a interrompernos. Do que si teño idea é de vela a través da fiestra, saíndo do alboio onde se gardaban as bicicletas.

Creo que a preocupación pola súa ausencia comezou ao redor das sete. Estabamos entrando nos días máis curtos do ano, e xa anoitecera cando os outros rapaces viñeron preguntar se viramos a Iria. Ao marcharen, despois da nosa negativa, ben me decatei de que Charo quedaba preocupada; non parou de ollar unha e outra vez pola fiestra, mentres a escuridade se ía aseñorando da paisaxe. De feito, lembro que foi ela quen fixo que se desbaratase a reunión, porque acabou por contaxiarnos a todos a súa inquietude.

Cando deron as oito, o nerviosismo soterrado estoupou e a ausencia da rapaza impúxose por riba de calquera outra cuestión. Quizais a sorprendera a noite e andaba perdida por algún dos camiños; se cadra, esvarara coa bicicleta e ficara mancada sen poderse mover; mesmo había a posibilidade de que lle ocorrese algún accidente na estrada. O único certo era aquela anormal tardanza.

Decidimos repartirnos en tres grupos e saír na súa busca, logo de facer reconto dos posibles itinerarios que Iria puidera seguir. Eu marchei con Charo e con Carlos, co propósito de rastrexar a estrada de San Simón. Aínda non levabamos andado nin un quilómetro cando escoitamos os berros de Moncho e do reloxeiro, chamando polos demais. As voces viñan do outro lado da carballeira que hai tras da casa, así que desandamos o camiño a toda a velocidade que nos daban os pés.

Axiña vimos as siluetas dos dous homes, que tiñan as lanternas acesas e iluminaban con elas o foxo por onde discorre a canle do regato que abeira a carballeira. Na miña cabeza agromaron de golpe os máis disparatados presaxios. Cando chegamos ao lugar e mirei para o espazo iluminado, comprendín que a miña vida xa nunca podería ser igual despois daquel horror.

Comprobo que, nestes momentos en que o escribo, a miña man se resiste a contalo, malia conservar no meu cerebro a imaxe tan nítida como a vin aquela noite. Alí, tirado a carón da bicicleta, coas pernas case cubertas pola auga do regato, estaba o corpo de Iria. Como se atopaba tombada coa cara contra a herba, só podiamos ver a súa cabeleira vermella, destacando sobre o fondo verde que iluminaban as lanternas, e as súas costas, co anorak amarelo completamente rachado. Por entre as rachaduras distinguíanse unhas feridas profundas, que deitaban abundante sangue. Viñéronme á mente, de xeito case instantáneo, as imaxes da noite en que descubriramos o corpo de Dédalo, tamén con cortes rectos e profundos por todos os lados. Aquela asociación deixoume paralizada, coa cabeza dándome voltas coma se fose perder o sentido. Precisei de toda a miña forza de vontade para sobrepoñerme, non podía fraquear nunha situación como aquela.

Foi unha sorte que Carlos non perdese o sangue frío e soubese reaccionar con rapidez. Achegouse ao corpo e revirouno con coidado, de maneira que puidemos ver o rostro de Iria, cos ollos cerrados e manchado pola terra, e tamén o seu corpo, libre de feridas pola parte de diante. Arrimou o oído ao seu peito e, despois duns instantes que se me fixeron eternos, berrou:

—Vive, está viva! Que alguén vaia chamar unha ambulancia, axiña!

O alivio que sentín naqueles momentos foi enorme. Durante algúns minutos temera o peor, convencida de que Iria estaría morta. A tensión acumulada desbordouse e rompín en saloucos, incapaz xa de conter por máis tempo o meu nerviosismo. Pero era necesaria a axuda de todos, así que conseguín calmarme o suficiente para colaborar. O corpo é sabio, en situacións de estrés xera os automatismos precisos; unha pode actuar coma unha somnámbula, facendo o que haxa que facer, coma se a mente se desligase do corpo e permanecese allea a todo o que sucede ao seu redor. Así foi a miña reacción esa noite, só dese xeito fun capaz de amosar unha fortaleza que distaba moito de ser real.

O que ocorreu despois, quizais por ese bloqueo interior que sentía, lémbroo coma nun soño. Sei que, case decontado, chegaron ao lugar os pais de Iria, e tamén outros hóspedes. As expresións de dor e desespero da familia encollían o corazón de todos nós. Decidiuse non mover do sitio o corpo da rapaza, para evitar consecuencias que podían ser irreparables, e agardar a chegada da ambulancia.

Non tivemos que esperar moito, axiña vimos as luces inconfundibles que sinalaban a súa presenza. O médico que viña nela, despois dunha análise de urxencia, deunos as primeiras noticias tranquilizadoras: Iria tiña numerosas feridas nas costas e nas coxas, producidas por algún tipo de arma branca, pero a súa vida parecía non correr perigo, agás que xurdisen complicacións.

A ambulancia arrincou cara ao Hospital Xeral de Lugo, con Sebastián sempre a carón de Iria. Carlos encargouse de levar no coche a Charo e o seu fillo; pareceume que eu tamén debía acompañalos e, sen lle preguntar a ninguén, montei no vehículo, ao lado de Carlos. Durante a viaxe todos gardamos silencio, roto só polos saloucos apagados de Charo. Xa no hospital, agardamos durante horas para saber o resultado da operación de urxencia que lle practicaron a Iria.

As noticias foron boas, dentro do que o podían ser nunha situación así: aínda que algúns dos cortes no lombo eran profundos, non afectaran ningún órgano vital. Perdera moito sangue, pero a rapaza era nova e estaba chea de vitalidade, así que cabía supoñer que todo marcharía ben e se recuperaría axiña. Logo, habería que agardar a que cicatrizasen as feridas e, máis adiante, facer unha operación de cirurxía que eliminase de xeito definitivo as marcas que deixaran.

Antes de marcharmos, aínda tivemos que falar con dous inspectores de policía que se presentaron no hospital, non sei quen os avisaría do sucedido. Contámoslles todo o que sabiamos, que tampouco era moito, e quedamos en que ao día seguinte se desprazarían ata a Casa Grande para rastrexar o lugar. Entón, xa máis calmados, poderiamos comentarlles detalles que daquela non estabamos en condicións de lembrar. Quedáronme gravadas as palabras que un deles nos dixo, cando nos despedimos:

—Tivo sorte a rapaza, librouse dunha morte segura. Semella que quen a atacou se arrepentiu no último momento e deixou o traballo a medio facer. Coma se tivese un momento de dúbida ou un instante de lucidez. Quen sabe como funciona a mente de alguén capaz de facer unha cousa así?

Xa case amencía cando Carlos e mais eu saímos do hospital. Montamos no coche, os dous en silencio, e emprendemos o camiño de regreso. Mentres observaba como a luz dos faros iluminaba a estrada, abrindo un camiño de luz entre tanta sombra, pensaba en todo o ocorrido e nas palabras do policía. Agora non nos valía a hipótese tranquilizadora do xabaril, nin a máis incrible dun accidente coa bicicleta. Era evidente que atacaran a Iria aproveitando a escuridade, que alguén se lanzara sobre ela e a ferira cunha arma branca, un coitelo ou unha navalla de grandes dimensións. Quizais a protexera o groso anorak que levaba, as feridas eran algo menos profundas grazas a el.

Cando chegamos á casa, subín directamente ao meu dormitorio. Boteime enriba de cama, sen espirme, e permanecín tombada cos ollos abertos e fixos no teito, agardando inutilmente que me chegase o sono. Despois dun tempo que non sabería precisar, escoitei un ruído de pasos apagados no corredor, un ruído que cesou diante do meu cuarto. Erguín a cabeza e puiden ver como unha folla de papel se coaba por debaixo da porta. Decontado, volvín escoitar os pasos apresurados afastándose polo corredor.

Saltei da cama e corrín a abrir a porta. Pero atopei o corredor baleiro, quenquera que fose actuara con máis rapidez ca min. Volvín pechar e collín o papel. Prendín a luz da mesa de noite e examineino con atención. Era unha folla de caderno, algo engurrada, na que aparecía escrita unha breve mensaxe:

A rapaza foi unha equivocación, a quen buscaba era a ti. Este foi o segundo intento, pero a Gran Besta non volverá fallar. Vaite de aquí axiña, agora que aínda estás a tempo!

Noutras circunstancias, unha situación como aquela faríame reaccionar de xeito inmediato, quen sabe con que consecuencias. No fondo foi unha sorte que me dominase un cansazo tan grande como para sentirme incapaz de me mover. Porque o único que fixen foi deixar o papel sobre a mesa e volverme tombar na cama, coa mente en branco, superada por uns acontecementos que me resultaba imposible asimilar. E, non sei como, acabei por quedar durmida.

Espertáronme uns golpes na porta. Case deseguida, María entrou no cuarto traéndome unha cunca de café e indicándome que chegara a Policía, e tamén a Garda Civil, e que estaban todos abaixo agardando por min.

Despois de tomar o café, ducheime e vestinme ás présas; logo baixei ao salón, molesta por ter que enfrontarme a unha realidade que non me gustaba. Alí estaban Carlos e Moncho, ademais do editor e do reloxeiro, xunto cos dous policías que coñecera no hospital. Xa examinaran previamente o lugar onde atoparamos o corpo, na procura de indicios que lles permitisen avanzar na investigación. Algúns gardas civís, segundo puiden observar a través das fiestras, rastrexaban minuciosamente os arredores da casa.

Contámoslles todo o que sabiamos, sen esquecer detalle ningún. Non só o que ocorrera a tarde anterior, senón tamén os feitos que podían ter algunha relación co incidente, incluída a violenta morte de Dédalo. Os policías fartáronse de facer preguntas, coido que non quedou ningún aspecto sen analizar. Falaron logo cos rapaces que fixeran amizade con Iria, así como cos outros hóspedes que ocupaban os cuartos. Algúns tiñan xa as maletas preparadas para marchar; manifestaran o desexo de abandonar a residencia canto antes, despois daqueles sucesos que viñeran alterar dun xeito inesperado a vida cotiá da Casa Grande. O mundo idílico que xiraba ao redor dela semellaba quebrado sen remedio.

Pero aqueles sucesos tamén alteraran de xeito profundo a miña vida. Dous días máis tarde, incapaz de soportar a tensión que me facía pasar as horas pechada no meu cuarto, falei con Carlos e manifesteille a miña intención de marchar para Madrid durante algún tempo. Non lle quería contar as obsesións que me dominaban, así que pretextei a proximidade das festas de Nadal e a necesidade de poñer, dunha vez por todas, as cousas en claro con Miguel. Carlos non fixo ningún intento de reterme; díxome que podía deixar no cuarto toda a miña equipaxe, que ninguén máis o ía ocupar na miña ausencia.

Pola tarde metín en dúas bolsas a roupa necesaria e algúns obxectos persoais e cargueinas no coche. Pasei as últimas horas no meu cuarto, pegada á fiestra, ollando por derradeira vez aquelas terras que se me acabaran facendo tan familiares. Non pensaba volver nunca máis por alí. Cando chegase a Madrid mandaríalle a Carlos un correo pedíndolle que me empaquetase todo e mo enviase. Sabía que non se ía negar aínda que lle doese.

Aquela noite conseguín durmir algunhas horas, liberada por fin da sensación de afogo que me dominaba. De mañanciña montei no coche, disposta a conducir durante o día enteiro. Carlos non saíu a despedirme, se cadra xa intuía que eu non regresaría nunca máis. O último que vin foi a súa cara, detrás dos cristais da sala, con expresión reconcentrada, observando como me afastaba, daquela pensaba que para sempre, da Casa Grande de Lanzós.

# Capítulo 15

Pensei que nunca máis volvería á Casa Grande, pero o certo é que acabei regresando a ela nos últimos días de xaneiro. Nin remotamente podía eu imaxinar un desenlace así cando me atopei de novo en Madrid, porque os meus primeiros días na cidade, lonxe de todo o que me lembraba a angustia que pasara en Galicia, foron un poderoso bálsamo para o meu espírito.

Atopei a capital cunha animación como xa non lembraba: rúas ateigadas de luces e de música, escaparates que rivalizaban en atraer a miña atención, ríos de xente cargando bolsas e paquetes envoltos en papel de agasallo… Toda a poboación participaba con entusiasmo nese boureo propio dos días previos ao Nadal, nunha especie de tolemia colectiva á que tamén eu me entreguei sen reservas, contribuíndo a esa apoteose desenfreada do gasto que, como unha maldición periódica, o invade todo nesas datas.

Foi unha sensación estraña volver habitar no piso, onde todo estaba tal como eu o deixara. Aínda tardei en sentirme outra vez en territorio familiar, era coma se a miña ausencia de tres meses me transformase a percepción das cousas. Pasados uns días, sentinme con forzas suficientes para chamar a Miguel. Tiña que falar con el, debíalle unha explicación pola miña marcha e por non dar sinais de vida en todos aqueles meses.

Aínda que ao primeiro se amosou molesto por non ter noticias miñas, pareceu entender as razóns que me levaran a afastarme de todo na procura dun reencontro comigo mesma. E amosouse entusiasmado cando non me neguei á posibilidade de continuar as relacións que a miña marcha interrompera.

Foi Heráclito quen dixo que ninguén se baña dúas veces no mesmo río. Nada máis certo, cando menos no tocante á miña relación con Miguel. Supoño que el interpretou o meu regreso como unha claudicación, como o sinal de que eu aceptaba de xeito definitivo a perda da miña independencia, porque axiña volveu ás andadas. Como eu estaba soa, e aquelas eran unhas datas tan sinaladas, empeñouse en que pasase a Noiteboa e o Nadal coa súa familia. Aceptei sen apenas opoñer resistencia, estaba demasiado débil emocionalmente como para negarme. Pero todo aquel exercicio de hipócrita e forzada alegría en que me vin mergullada foi un fracaso, unha cerimonia do absurdo, un indixesto esperpento que me serviu para ver con claridade que entrar naquela familia era o mesmo que facelo nunha arañeira pegañenta que acabaría por inmobilizarme e provocar que fosen murchando todas as ilusións da miña vida.

Aínda aguantei con Miguel ata os últimos días de decembro, pero a perspectiva de repetir a función a

138

noite de fin de ano facíaseme insoportable. Así que o día 31 decidín tomar en serio ese tópico de «Ano novo, vida nova» e, despois dunha discusión amarga e dura onde os dous sacamos ao exterior o peor de cada un, rompín definitivamente con Miguel. A soidade en que celebrei a entrada do ano, contra o que eu temía, acabou parecéndome un inesperado agasallo que anunciaba tempos mellores.

Claro que todo isto non ten importancia ningunha, supoño que nin sequera sería necesario que o contase, porque nada tivo que ver esta ruptura coas razóns do meu regreso. Máis importancia tiveron as reiteradas comunicacións que, desde os primeiros días da miña nova etapa en Madrid, Carlos comezou a enviarme a través do correo electrónico. Eran sempre mensaxes formalmente asépticas, motivadas en aparencia polo drama de Iria. A través delas fun coñecendo todo o referido aos terribles feitos que motivaran a miña marcha.

En primeiro lugar, estaba a evolución de Iria: ía ben, moi ben, e as feridas curaban con máis rapidez da prevista; os médicos falaban de que podería volver á súa vida normal a fins de xaneiro. Xa recuperada, a rapaza relatara o que lle ocorrera aquela tarde aciaga ou, para ser exacta, o pouco que ela lembraba. Entre o que Carlos me escribía, e o que puiden ler nas edicións electrónicas de *El Progreso* e *La Voz de Galicia*, acabei facendo unha reconstrución bastante fiel do sucedido.

A agresión producírase cando Iria volvía para a casa, coa bicicleta da man. Afastárase bastante no seu paseo e, como comezara a escurecer, en vez de regresar pola estrada principal decidiu atallar meténdose polo camiño que abeiraba a fraga. Fora nese camiño onde alguén a atacara por detrás, dun xeito súbito. Segundo as súas declaracións, non notara nada raro ata uns instantes previos á agresión. Daquela sentira unha respiración axitada tras de si, unida a un cheiro insoportable que non se parecía a nada coñecido e que lle provocara unha intensa náusea.

No momento, case non se decatou das coiteladas que recibiu; segundo ela, sentira coma uns cristais de xeo atravesándolle as costas, unha dor fría e intensa que lle entraba ata o corazón. Soltara a bicicleta e quixera volverse, nunha reacción instintiva, pero impediullo un súbito mareo, que a fixo caer no chan. Mentres caía, puidera virar algo a cabeza, nun intento de saber quen a atacaba. Pero só chegara a ver un vulto escuro, alto, moi alto, onde salientaban uns ollos cheos de maldade que parecían brillar con luz propia. As súas miradas cruzáranse durante uns brevísimos instantes; despois, o vulto negro dera a volta e desaparecera na escuridade, coma unha sombra que se esvaece no aire.

Iso era o que contaba a rapaza, aínda que, en opinión de Carlos, e tamén da Policía, o seu testemuño había que matizalo moito. Resultaba evidente que Iria fora agredida desde atrás, e o máis probable era que nin sequera chegase a ver quen a atacara. Con todo, era certo, e desconcertante, que o agresor evitara rematala; contra o que adoita suceder nestes casos, decidira marchar do lugar sen consumar o ataque, coma se no último momento tivese un instante de dúbida ou de arrepentimento. De calquera xeito, a nosa intervención fora providencial porque, se chegamos a tardar máis tempo en atopala, a perda de sangue acabaría por provocar fatais consecuencias. Foi unha sorte, un deses azares inexplicables que ás veces modifican o curso dunha vida.

Aínda que o relato de Iria era moi incompleto e deixaba numerosos puntos escuros, a Policía actuara con celeridade e tardara poucos días en dar co presunto autor daquela agresión salvaxe. Tratábase dun home novo que cumpría condena no cárcere de Bonxe; naquelas datas, por mor das festas, saíra da cadea cun permiso especial. Xa estaba confirmado que aquel día xantara en Vilalba, nunha casa de comidas situada no cruzamento de onde parte a estrada que vai a Lanzós e San Simón. E, segundo testemuñaba un labrego que pasara co seu tractor ao pé do adro, estivera aquela mesma tarde sentado na escalinata do cemiterio vello de Lanzós.

O home acabara recoñecendo todos estes datos. Era certo que pasara aquela tarde na parroquia, pois tiña intención de visitar un amigo que vivía no lugar de Monseivane, pero negaba calquera relación co ataque que sufrira Iria. Non obstante, todo xogaba na súa contra: o seu carácter era moi violento, tiña antecedentes de agresións sexuais e mesmo participara nalgunhas liortas onde acabaran saíndo as navallas a relucir. Os rastrexos policiais non conseguiran atopar a arma utilizada no ataque, seguramente o agresor se desfixera dela ao fuxir do lugar dos feitos. Agora o home volvía estar encerrado na cadea, e prevíase que o xuízo se celebraría nos vindeiros meses. O caso parecía estar definitivamente pechado.

«Coñézote ben, Laura», icíame Carlos nunha das súas mensaxes, «e sei que marchaches de aquí non só polo que te impresionaron estes feitos tan desagradables, que tamén a min me entristecen e me desacougan, senón sobre todo por esas fabulacións que fuches construíndo na túa cabeza, sempre a partir duns fíos moi febles, como non tes máis remedio que recoñecer. Se cadra, eu faría o mesmo no teu caso, non debe de ser doado soportar unha presión así. Pero xa ves que todo ten unha explicación lóxica, e moi real, e que eses fantasmas que te atemorizaban só estaban no teu cerebro e na túa fantasía de escritora. Está claro que a quen debemos temer é aos seres reais e non aos que, por fortuna, tan só existen na nosa imaxinación».

Algúns días despois, comentoume apesarado que coñecía a existencia da mensaxe anónima que me botaran no cuarto. Fora obra de Moncho, el mesmo llo confesara e lle pedira perdón. Fixérao baixo a conmoción que lle producira o ataque sufrido por Iria, recoñecía que se deixara levar por unhas ideas que non tiñan razón de ser.

Era evidente que Carlos teimaba en desmontar todos os meus temores, minando aquela muralla de medo que eu fora erguendo. Ademais, a estadía na cidade, o diario mergullarme no boureo e no tráfico atolado de Madrid, contribuía a que, co paso dos días, os meus medos se esvaecesen. Acabei por recoñecer o parva que fora caendo naqueles temores absurdos, naquelas supersticións ridículas, que poderían impresionar a Moncho e a outra xente sen cultura, pero que non tiña ningún sentido que me afectasen tamén a min.

Por outra banda, Carlos non desaproveitaba ningunha das súas mensaxes e, como eu lle comentara a miña intención de permanecer en Madrid durante algún tempo, case sempre acababa dicíndome canto lle gustaría que reconsiderase a miña decisión e volvese a Lanzós para retomar o traballo que me levara alí.

Co paso dos días, a miña resistencia era cada vez máis feble. Todo o ocorrido tiña unha explicación satisfactoria, xa non me cabía dúbida ningunha; mais, aínda así, non podía evitar que o meu pensamento se detivese nalgúns puntos escuros que tamén me suxerían outras explicacións alternativas. Hoxe, despois de todo o pasado, vexo que había en min como un sexto sentido pedíndome que fixese caso das miñas intuicións, que me deixase estar, que nada se me perdía naquel recanto dunha Galicia afastada, tanto no espazo coma no tempo.

Foi entón cando recibín a carta de Carlos. Unha carta das de sempre, que atopei na caixa do correo entre moreas de inútiles folletos publicitarios. Xa dixen que, case a diario, me enviaba un correo electrónico; pero ata daquela nunca me escribira, por iso me estrañou tanto ler o remite que viña no sobre. Ao abrilo, co primeiro que batín foi cunha cuartilla amarela, suxeita cun clip aos outros papeis; Carlos copiara na cuartilla un poema de Fernando Pessoa que eu xa coñecía ben, pero que daquela lin cargándoo con novos significados que me chegaron ata o máis fondo:

*Todas as cartas de amor são*
*ridículas.*
*Não seriam cartas de amor se não fossem*
*ridículas.*
*Também escrevi em meu tempo cartas de amor,*
*como as outras,*
*ridículas.*
*As cartas de amor, se há amor,*
*têm de ser*
*ridículas.*
*Mas, afinal,*
*só as criaturas que nunca escreveram*
*cartas de amor*
*é que são*
*ridículas.*

Había logo tres folios, escritos con tinta azul polas dúas caras, coa letra miúda de Carlos. Lin as primeiras liñas con emoción crecente, intuíndo xa o contido daquel longo escrito: «Poño por diante o poema de Pessoa co intenso desexo de que protexa esta carta que che escribo —ridícula, porque é unha carta de amor—, coa mesma atolada esperanza con que o náufrago bota ao mar a botella onde depositou a mensaxe en que ten cifradas todas as súas esperanzas de salvarse. Porque ti, Laura, es a táboa de salvación que a vida me ofrece, a única persoa coa que sei que podo acadar a felicidade que perseguín, inutilmente, durante tantos anos da miña existencia.»

Non ten sentido que detalle aquí o contido dunha carta que cheguei a saber case de memoria, despois de lela tantas veces. Carlos facía nela unha exposición dura e sincera de todo o que fora a súa vida; falábame da súa visión do mundo e das persoas, das crenzas e ideas que foran conformando a súa forma de ser. Tratábase dun exercicio de introspección admirable, onde a razón e os sentimentos confluían de xeito harmónico, un texto baixo o que se adiviñaba un río subterráneo cheo de paixóns. Era unha confesión completa, como quitar todas as máscaras que traballosamente imos construíndo co paso dos anos; un revivir as paixóns adolescentes que a vida case sempre se encarga de enterrar de xeito definitivo. Aquel era un escrito que me fixo chorar e rir, que me puxo máis dun nó na gorxa e que provocou os latexos atolados do meu corazón.

A miña ausencia servíralle para comprobar ata que punto me amaba, agora que desaparecera por segunda vez da súa vida; a coiraza coa que disimulaba os seus sentimentos tiña gretas por todas partes e, afirmaba, xa non tiña sentido refacela. Nas liñas finais, Carlos confesábame: «Foi un drama que desapareceses da miña vida cando amarte era imposible, e foi unha felicidade infinita que os nosos camiños se volvesen cruzar. Teño cincuenta anos e sinto que, como dixo Borges nun poema memorable, «la muerte me desgasta, incesante». Sei que xa son maior para ti, que a diferenza de idade pode parecerche insalvable, pero non quero perderte outra vez, non podería superalo. Gustaríame vivir contigo todos os anos que me queden de vida, mais non me atrevo a pedirche tanto, non soportaría ser algún día unha carga para ti. Só quero estar contigo mentres o desexes, só desexo poder demostrarche o meu amor, sen condicións nin ataduras de ningún tipo. Como ti me dixeches unha vez, con palabras de Neruda que tamén eran túas, quero amarte «tan cerca que tu mano sobre mi pecho es mía / tan cerca que se cierran tus ojos en mi sueño».

Quizais inconscientemente xa agardaba unha carta así, un pulo que me forzase a abandonar a terra de ninguén en que me atopaba naquela etapa. Por unha vez quixen facerlles caso aos meus sentimentos, deixarme levar polo corazón, esquecer todos os plans que a razón construe, malia saber que é o azar quen nos goberna. Aquela mesma tarde pechei o piso, carguei no coche todas as miñas pertenzas e emprendín o camiño de volta á Casa Grande de Lanzós.

# Capítulo 16

O meu reencontro con Carlos foi un suceso magnífico, unha desas vivencias senlleiras que quedan gravadas con lume no corazón. Aínda agora, cando xa hai meses que non sei nada del e teño a certeza de que desapareceu para sempre da miña vida, sinto unha emoción especial ao rememorar aqueles días. El abandonou todas as barreiras que construíra ao redor de si durante tantos anos, tal como me prometera, e vivimos un tempo que foi de felicidade completa para os dous.

Externamente gardabamos as formas, desde o primeiro momento ese foi un acordo sen necesidade de palabras. Mantiñamos os nosos dormitorios independentes, se ben polas noites, cando ficabamos sós na casa, sempre quedaba unha das camas sen desfacer. Era imposible que o noso amor non fose unha evidencia para calquera que estivese ao noso lado. Non entrarei aquí en detalles íntimos e persoais que, ademais, non teñen nada que ver coa finalidade deste escrito. Baste con dicir que, quizais por primeira e única vez na miña vida, coñecín o doce desvarío do amor, a embriagadora sensación de que todo estaba en harmonía, ese sentido de plenitude que case sempre xulgamos utópico porque nos parece inacadable.

Ademais, este exaltado estado de ánimo motivou que, contra o que se poida supoñer, retomase o meu traballo na tese cunha concentración e cunha intensidade que a min mesma me abraiaban. Era coma se o cerebro, poñéndose de acordo cos meus sentimentos, se esforzase en dar o mellor de si mesmo. Deste xeito transcorreron febreiro e marzo, unhas semanas perfectas, favorecidas ademais pola escasa presenza de hóspedes, como era de agardar naquela época do ano. Moncho e María andaban case todo o día pola casa, ocupados nos seus labores, e Gloria, que chegaba do instituto cando os máis xa xantaramos, pasaba a tarde enteira na biblioteca, facendo os deberes e estudando. E así, nese ambiente familiar, Carlos e mais eu deixabámonos levar por aquela mestura de paixón e traballo, afastados do mundo que seguía existindo máis aló dos muros da Casa Grande, alleos a todo o que non fose o noso amor.

Tan só as olladas esquivas de Moncho, cargadas de xenreira represada, conseguían enturbar algo o paso dos días. É certo que non me deu nunca unha mala contestación, posiblemente estaba moi avisado por Carlos. Por fóra comportábase dun xeito exquisito, mais eu ben notaba a violencia soterrada que o home a duras penas conseguía conter. Custábame traballo entender aquela xenreira persistente, non era normal que evitase de xeito continuado ter que conversar comigo.

Comenteino con Carlos, nunha nova tentativa para remedialo, pero el pediume que non lle dese máis voltas e me esquecese do asunto. Moncho era un bo home, traballador e responsable, que o quería como a un fillo. Se cadra, opinaba Carlos, todo era máis sinxelo e o que tiña eran celos pola miña presenza na casa e pola relación sentimental que mantiñamos.

Non me foi difícil facerlle caso, e acabei por non darlle importancia ás teimas de Moncho. Ademais, o paso dos días permitiume comprobar con felicidade que aqueles temores e aprehensións que antes ensombrecían a miña estancia na Casa Grande desapareceran por completo. Xa non tiña pesadelos, e tampouco non volvín experimentar aquela angustia de sentirme vixiada e perseguida, algo que, naqueles días apaixonados que viviamos, semellaba ridículo e carente de sentido. Seguramente, como afirmaba Carlos, todo fora froito da miña exacerbada sensibilidade, sometida a un novo tipo de vida –o silencio, a soidade, o contacto coas forzas da natureza– que contrastaba coa existencia artificial e ruidosa da cidade.

Tamén eu acabei por crer esa explicación tranquilizadora que me axudaba a esquecer un pasado incómodo. Todo parecía ir ben naquela época de felicidade que estaba a vivir. E, non obstante, agora sei que a daqueles días non era máis que unha calma aparente, a estraña calma que sempre precede á chegada da tempestade.

149

Síntome incómoda ao reler as palabras que acabo de escribir, temo deixarme arrastrar outra vez pola subxectividade. Quizais é ridículo falar de calmas e de tempestades, quizais o único certo é que daquela comezaba xa a agromar a miña demencia, a desfeita que me esnaquizou o cerebro e da que só agora estou comezando a saír. Pero o doutor pediume que contase os feitos tal como os vivín, así que non fago nada malo se me deixo arrastrar polas lembranzas –reais ou imaxinadas, tanto ten– que acoden á miña cabeza ao rememorar aqueles días.

O que lembro agora é un feito ao que ninguén lle daría importancia, pero que, para min, significou a fin da felicidade e abriu as portas aos abismos de espanto que viñeron despois. Un feito intranscendente, non estou tan mal como para non decatarme de que a súa significación só existía na miña mente. Ocorreu nun dos primeiros días de abril. Creo que xa comentei antes a afección de Carlos pola caza; había pouco tempo que se abrira a veda, e aquel día decidiu aproveitar a xornada para coller a escopeta e botarse ao monte, na procura dalgunha peza. Preguntoume se quería acompañalo, pero contesteille que non. Andar na súa compaña era unha felicidade, mais non naquelas circunstancias; non me estimulaba a perspectiva dunha camiñada polo monte, agardando a que algún animal se cruzase con nós e Carlos acabase coa súa vida. Prefería continuar coa redacción da miña tese.

Mentres almorzabamos, comentoume que pensaba achegarse co coche ata a zona da Pedragosa e logo continuar a pé polo monte adiante. Ambos sabiamos que botaba en falta a Dédalo, afeito como estaba á compaña do can, pero ningún dos dous dixemos nada. Acompañeino ata a porta para despedilo, mentres Moncho acomodaba o zurrón e a escopeta no maleteiro. Baixaba un vento frío da montaña, e Carlos, aínda que ía ben abrigado, levaba a camisa desabotoada, con toda a gorxa ao aire. Cando xa ía montar no coche, deixeime levar por un impulso que non quixen conter, malia a presenza de Moncho. Quitei o meu fular e anoeillo ao redor do pescozo. «Toma, quero que o leves posto ti», díxenlle en voz baixa, ao tempo que lle daba un bico. «Leva a miña calor e o meu perfume; hate abrigar e, ademais, así non te esqueces de min en todo o día.»

Tras a súa marcha, entrei na casa e pecheime no cuarto. Fóronseme as horas diante do ordenador, concentrada no traballo, que apenas interrompín para comer o xantar que me subiu María. Carlos non volveu ata a última hora da tarde, cando xa case anoitecía. O día déraselle ben; traía catro lebres e tres perdices, que depositou orgulloso encol da mesa. Supoño que contar os detalles da caza forma parte do ritual porque, xa na cociña, mentres María preparaba a cea, Carlos foinos relatando as incidencias da xornada. Foi entón cando reparei en que non traía posto o meu fular.

—E onde deixaches o fular que che prestei? –pregunteille.

—Tesme que perdoar, pero creo que o perdín. Non sei como foi, debeu de prenderse nalgunha xesta e soltarse. Seguramente pasou mentres seguía un rastro de lebre, porque foi un pouco despois cando me decatei da súa falta.

—E logo como non te deches de conta antes? Como non volviches por el? –insistín, algo irritada.

—Xa o fixen. En canto me decatei de que o perdera, desandei o camiño e volvín ao lugar onde cría que se me enganchara, unha zona de xestas altas e tan mestas que case non se podía atravesar.

—Esa xesteira non é a que hai preto da cova de Fornos? –interrompeu Moncho, que seguía con atención o relato.

—E será. Agora que o dis, é certo que había unha cova un pouco máis adiante. Mesmo entrei nela pensando que a lebre se refuxiara alí, pero non me atrevín a meterme moito porque dentro non se vía nada.

—E non puido ser que o perdeses nesa gruta? –preguntei, subitamente inquieta polo que estaba a oír.

—Creo que non, porque tamén mirei alí. Por máis que busquei non fun quen de atopalo, debín perdelo noutro lugar. –Carlos mirou para min con aire cómplice e engadiu–: Non teñas pena; xa che mercarei outro máis bonito a próxima vez que vaia a Lugo.

El seguiu falando, coma se o feito non tivese ningunha importancia. Creo que nin sequera reparou nas olladas de Moncho, que xa foi incapaz de permanecer quieto o resto da noite. Eu non comentei nada, mais non puiden evitar que por dentro se me encollese o corazón. Era unha reacción irracional porque, obxectivamente, a perda do fular non me preocupaba, nunca sentira un apego especial por aquela peza. E, en canto

152

á cova, nin sequera tiña a seguridade de que fose a mesma que eu visitara había meses. Pero esa noite, a iso das catro da madrugada, espertei berrando e bañada en suor. Despois de tanto tempo, volvían facer acto de presenza os pesadelos que cría desaparecidos para sempre.

# Capítulo 17

De non ser pola insistencia do doutor, pola fe que teño nel e polo agradecida que lle estou por tanta axuda como me presta, abandonaría agora mesmo estes papeis e entregaríame con toda a intensidade a facer o que me pide o corpo: esquecer aqueles días terribles, borrar todos os sufrimentos que me levaron ao desvarío mental do que agora estou saíndo. Pero Víctor non fai máis que lembrarme as virtudes desta loita miña por recordalo todo, desta baixada progresiva á escuridade en que acabei caendo. Por iso sigo aquí, cumprindo a encomenda un día máis, aínda que hoxe a man se resista a continuar escribindo, quizais porque, despois de todo o que levo contado nos días anteriores, é hoxe cando me toca enfrontarme aos sucesos que foron a culminación das miñas desgrazas.

Xa non lembro se o outro día fixen referencia á sensación opresiva que me foi invadindo conforme avanzaba o mes de abril. Porque non só volveran os pesadelos nocturnos; volveu tamén a impresión de permanente temor, de sentirme vixiada durante todas as horas do día. É certo que ese receo se temperaba cando Carlos estaba comigo, ou cando, como xa volvía ocorrer nas fins de semana, a casa se enchía de hóspedes e había máis ocasións de relacionarse con outras persoas. Pero cando me atopaba soa, quizais como consecuencia da tranquilidade que se respiraba na casa, a miña cabeza volvía poboarse de fantasmas, de terrores difusos que me acompañaban a todas horas e ameazaban con formar parte inseparable de min.

Pasei todo o mes de abril coa sensación de que algo terrible estaba ocorrendo no meu interior. Ben me decataba de que todo era produto dunha hipersensibilidade enfermiza; non tiña sentido aquel medo absurdo a ser atacada, aquela teima de que algo, ou alguén, me seguía a todas partes e vixiaba os meus movementos. Carlos desesperábase comigo, impotente para deter o meu retroceso. Eu entendía ben o seu desespero, porque aqueles medos ameazaban con romper o noso vencello sentimental, unha relación que se estaba a deteriorar diante dos nosos ollos. E non era por non querermos mantela, o noso amor non arrefriara tan axiña; ao contrario, nunca necesitei tanto a Carlos coma naqueles días, nunca tanto agradecín a compaña e as palabras que cadora me brindaba.

—Tes que facer un esforzo por volver á realidade, Laura —díxome unha tarde, xa a fins de abril—. O mal está dentro de ti, só ti podes vencelo.

Aquelas palabras foron como unha premonición, porque o certo é que, coa entrada de maio, comecei a experimentar unha evidente mellora. Parecía coma se ata a natureza se puxese de acordo para botarme unha man: tivemos uns días cun tempo primaveral, mesmo caloroso de máis para a época. Aproveitando a ponte do primeiro de maio, a casa encheuse de xente que chegaba a ela atraída pola beleza dunha paisaxe que recuperaba as cores luminosas e alegres, despois do letargo invernal. Volvemos encher a piscina e, de non ser polas árbores, onde comezaban a agromar as follas novas, dun verde tan claro que parecía amarelo, podería pensarse que xa estabamos no verán.

Aquela melloría tiña os días contados, aínda que eu non o soubese. O día 4 de maio, despois de marcharen os últimos hóspedes, a casa volveu quedar tan solitaria coma no tempo de inverno. A min non me apetecía nada permanecer encerrada entre as catro paredes, porque a mañá era espléndida e o sol quentaba con gana. O corpo demandábame exercicio físico, así que decidín saír a dar un longo paseo eu soa. Metín nunha mochila dous bocadillos, algunhas froitas e unha botella de auga; collín tamén o libro que lle vira no coche ao editor de Vigo e que lle pedira prestado antes de marcharen. Era *Afirma Pereira*, de Antonio Tabucchi, na edición portuguesa de Presença. Apetecíame chegar ata o río, pasear pola súa beira, ler tombada na herba… Tiña a certeza de que me agardaban unhas horas deliciosas, en paz comigo mesma.

É curioso; agora mesmo, mentres escribo, noto como veñen á miña memoria, con nitidez absoluta, todas as imaxes daquel día. Véxome camiñando entre as árbores ou atravesando os prados cubertos de margaridas; volvo sentir no corpo a calor do sol, percibo a luz intensa que resaltaba todas as cores; revivo o meu paseo pola beira do río, na procura dunha sombra que me protexese dun sol que comezaba a quentar de máis. Estoume vendo sentada no penedo que hai nun lugar onde o río se remansa, á sombra dos ameneiros que o abeiran. Véxome lendo no libro, entregada a aquel relato que, conforme avanzaba nas páxinas, conseguía emocionarme máis e máis. Era un libro triste pero optimista, pleno de fe nas persoas; un libro deses que dan azos e espertan a paixón pola vida. Mesmo me fixo sentir outra vez con forzas para retomar o traballo, logo daquelas últimas semanas en que as miñas neuras me impediran continuar.

Despois de comer debín de quedar durmida un tempiño, porque lembro que o ruído dos tronos me fixo espertar sobresaltada, malia chegarme apagado pola distancia. Cando mirei para o ceo, comprendín que a calor dos días pasados e o sol tan intenso de pola mañá estaban dando paso a unha tormenta que presentaba un aspecto ameazador. Toda a banda dos montes de San Simón aparecía cuberta de nubes dun gris metálico, case negro; nubes enormes como cetáceos que, no seu avance, devoraban con voracidade os anacos de ceo azul.

Pensei que a tormenta aínda estaba lonxe, que tería tempo dabondo para volver antes de que descargase enriba de min. Aínda quedei a ler os dous últimos capítulos do libro, desexosa de saber o desenlace das actuacións do señor Pereira. Cando por fin rematei as derradeiras páxinas, cos ollos húmidos pola emoción, recollín todo para regresar. Decateime entón de que os meus cálculos foran errados, porque as nubes avanzaran a moita máis velocidade da que eu previra. Por riba da miña cabeza o ceo xa se cubrira por completo, e todo aparecía escuro coma se estivésemos nas horas do luscofusco.

A calor era abafante e a humidade, que debía de ser altísima, facía que a roupa se pegara ao corpo. O aire estaba cargado de electricidade, a terra reseca ulía dese xeito especial que precede ás grandes tronadas. Comezaron a caer os primeiros lóstregos pola banda dos montes, iluminándoo todo cunha luz espectral. O ruído dos tronos soaba cada vez máis preto de onde eu estaba, ou iso me parecía a min. Pensei en quedar alí, resgardada baixo as árbores, e esperar a que pasase a tronada. Pero estaba lonxe da casa e decidín que sería mellor regresar axiña, porque non sabía o que podería durar.

Botei a andar, atallando polo medio dos prados, mentres sentía que a furia do ceo estoupaba por riba da miña cabeza. Cada vez que unha lostregada de luz o iluminaba todo e facía estremecer o aire, eu contaba mentalmente, como adoitaba facer de nena, agardando o estoupido do trono, coa esperanza de que o centro da tormenta estivese aínda a certa distancia de min. Pero cada vez tiña que deter a miña conta nun número máis baixo, cada vez os raios caían máis próximos a onde eu estaba, cada vez os tronos retumbaban con máis intensidade nos meus oídos.

Despois de cruzar os prados que soben do río, cheguei por fin ao camiño da Revolta, unha corredoira que atravesa un piñeiral situado nun terreo dunha certa pendente. É unha corredoira afundida, coma unha fenda socavada no chan, por onde antes subían os carros cargados coa herba dos prados próximos ao río. Mais os carros xa deixaran de pasar había moito tempo, e as xestas e silveiras medraran sen xeito nas dúas beiras, creando unha especie de teito vexetal que nalgúns tramos cubría a corredoira por completo. Outras veces que baixara por ela ata o río parecérame acolledora e chea de engado, coma de postal; mais naquel intre, en canto emboquei por ela, pareceume que me introducía nun túnel, tal era a escuridade que alí había. Os tronos seguían resoando por riba de min e, de cada pouco, os relampos iluminaban cunha luz ominosa aquel sombrío carreiro en que me metera.

Cando xa levaba andados uns cincuenta metros, experimentei unha súbita opresión no peito. Non era só polo esforzo da carreira, senón tamén polo desazo que me causaba aquel lugar, coma se nel houbese unha ameaza pairando no aire. A urxencia de saír de alí canto antes impúxose por riba de todas as cousas, tal era o medo irracional que me dominaba.

Botei a camiñar ás alancadas, cada vez máis asustada. Cando xa case alcanzara o remate do camiño, cando xa vía fronte a min o espazo aberto que había máis aló, detívenme un intre, volvín a cabeza e mirei para atrás. Quería ver o efecto que producía a corredoira envolta en sombras, iluminada só coa luz pálida que naquel momento había. Agora sei que nunca debín facelo, pero daquela a tentación foi máis poderosa que a miña vontade.

Volvín a cabeza, como xa dixen, e puiden ver que, aló no fondo do camiño, a negrura era dunha insólita intensidade, coma se todas as sombras se concentrasen e formasen un bloque de materia escura, unha materia que parecía axitarse como dotada de vida propia. Afastei a vista decontado, repentinamente atacada polo pánico. Non era só por aquela sombra dunha negrura anormal, senón polo que me parecera albiscar na rápida ollada que botara: por un momento tivera a impresión de que aquela sombra se movía, desprazándose cara a min con rapidez inusual, como unha bóla de neve que baixa pola aba da montaña, cada vez máis grande e a maior velocidade.

Dei as últimas alancadas, con renovada enerxía, e conseguín por fin abandonar a corredoira e saír a campo aberto. Estaba no prado de Rubinos, desde onde xa se divisaba a estrada e, algo máis lonxe, a Casa Grande. Botei a correr cara a ela, desexando atoparme canto antes entre as paredes acolledoras do salón. Xa sei que non debín facelo; cando hai tormenta, o que menos se recomenda é que unha persoa bote a correr polo campo aberto. Pero non o puiden evitar, era moi grande o medo que me oprimía o corazón. E nese momento, cando alancaba desesperada en dirección á casa, foi cando sucedeu todo.

Só eu sei o inmenso esforzo que me obrigo a facer neste momento, a resistencia que debo vencer para escribir cada unha destas palabras no papel. Comprendo que é preciso contar os feitos tal como están na miña mente, malia saber que era a loucura o que me facía velos de xeito deformado. Supoño que todo ocorreu doutra maneira, que a angustia me xogou unha mala pasada e me fixo ver como reais alucinacións que só estaban no meu cerebro. Aínda así, malia ser tan doloroso, teño que seguir os consellos do doutor e contalo tal como o vivín. Non podo abandonar agora, cando xa queda tan pouco para completar o que me pediu.

Lembro que tropecei cando máis lanzada ía na miña atolada carreira. Debía de haber unha pedra, ou un terrón levantado, e caín estomballada no medio da herba. Xirei o corpo e sentei no prado, para me erguer máis doadamente e continuar a fuxida. Mais, ao facelo, quedei mirando para o espazo que deixara atrás. E foi daquela cando experimentei o horror maior que ninguén poida imaxinar.

A visión debeu de durar só uns poucos segundos, mais para min foi coma se se prolongase toda unha eternidade. Alí, xusto a uns pasos de onde eu estaba, apareceu unha presenza horrible que, aínda hoxe, me resulta difícil describir coas palabras xustas. Semellaba unha mole de negrura, un vulto informe e terrible, coma se toda a escuridade da corredoira se concentrase nunha masa viscosa dotada de vida propia.

Aquela cousa, ou aquel ser, non tiña unha forma definida, pero axiña comezou a experimentar unha rápida transformación ante os meus ollos, coma se unha man invisible estivese a modelar aquela masa xelatinosa. Apareceron nela unhas extremidades, como pernas e brazos grotescos e deformes, rematadas nunhas poutas afiadas, dun negro metálico, semellantes a coitelos. Formouse logo unha protuberancia na parte superior, algo parecido a unha cabeza, na que axiña distinguín uns puntos de luz destacando entre a negrura, unha especie de ollos que brillaban con intensa e terrible luz verdosa.

Mentres ollaba como aquela monstruosidade se achegaba a min cada vez máis, sentín que me envolvía unha corrente de aire que me deixou paralizada. Era un aire negro e fétido, coma un alento nauseabundo que exhalaba aquela besta, un alento capaz de anular todo vestixio de vida que houbese ao seu redor. Ao tempo que aquel aire pútrido penetraba ata as máis recónditas circunvolucións do meu cerebro, contemplei con horror como naquela cabeza ía formándose unha boca enorme algo máis abaixo dos ollos, unha boca verdosa e babexante que atraía a miña mirada coma un imán.

E entón, de súpeto, caeu o raio. Foi terrible, non sei como os meus ollos puideron resistilo. Supoño que así debe de ser unha explosión nuclear, supoño que unha descarga eléctrica desa magnitude xera unha luminosidade que os seres humanos non podemos soportar. Eu só podo dicir que os meus ollos viron como o raio caía a dous pasos de onde eu estaba, xusto enriba daquel ser de negra masa viscosa, liberando unha luz e un ruído que, aínda hoxe, non podo lembrar sen sentir como o espanto e a desesperación se apoderan de min unha vez máis.

Todos os médicos opinan que, no momento en que caeu o raio, debín de perder o sentido, porque ningún ser humano é capaz de soportar a luz e o estrondo que produce unha descarga tal. Será como eles din, será todo obra da miña imaxinación desbocada; mais non podo botar fóra da miña cabeza o pensamento de que eses médicos son os mesmos que non atopan explicación ao feito de que o raio, en vez de alcanzarme a min, que era quen o atraera coa miña carreira insensata, acabase caendo no chan, a poucos pasos de onde eu estaba. Así que se non encontran explicación para iso, supoño que menos a atoparán para o que vin, ou crin ver, antes de perder o sentido, na minúscula fracción de segundo en que o raio alcanzou aquel ser terrible.

Foi como o choque de dúas forzas contrarias, coma unha desas explosións que se producen no espazo interestelar cando a materia e a antimateria entran en contacto e se destrúen nunha salvaxe desintegración nuclear. O raio, coma unha espada de luz, atravesou de parte a parte aquela escura monstruosidade, desfacéndoa en incontables fragmentos, ao tempo que se escoitaba un berro imposible de describir, un desgarrador ouveo de animal ferido, se fose posible a existencia dalgún animal capaz de articular sons tan terribles e demoníacos coma aqueles.

Non sei se aí rematou todo, non sei se ocorreu logo algo máis. Necesito crer que esa visión e ese ruído foron só unha creación do meu cerebro, unhas imaxes producidas pola fatal combinación entre o medo tan grande que sentía e a explosión de luz e ruído á que me vin sometida. Agora que o estou a revivir, a miña mente volve velo todo coa nitidez que só posúen as cousas reais. Por máis esforzos que fago, non consigo esquecer a existencia doutras explicacións alternativas á achegada polos médicos. Son incribles, ben o sei, pero néganse a abandonar o meu cerebro. Quizais terei que afacerme, por duro que me resulte, a convivir con elas durante todo o que me queda de vida.

Aínda que quixer, xa non podería seguir escribindo nin unha liña máis. O seguinte recordo, vago e nebuloso, está asociado ao cuarto do hospital onde espertei. Sei que alguén tivo que recollerme, supoño que desde a casa viron o raio que caía sobre min mentres corría, imaxino que me auxiliaron decontado e me levaron ao hospital. É lóxico pensar que as cousas ocorreron así, mais todo é unha suposición; hai un gran baleiro no meu cerebro, coma se del estivesen borradas algunhas páxinas da miña vida.

Algún día, cando me recupere por completo, terei que encher esas páxinas, atopar a resposta a tantas preguntas que agora, coa memoria recobrada, comezan a abrollar en min: cando aniñou a loucura na miña mente? Foi o raio o único responsable do meu desvarío mental ou non fixo máis que acelerar un proceso que viña xa de antes? Quen me ingresou nesta clínica? Quen paga a miña estancia nela? Por que non sei nada de Carlos? Por que desapareceu da miña vida e non o volvín ver nunca máis?

Ningunha destas preguntas forma parte do que acordei con Víctor, terei que ser eu quen atope a resposta cando saia curada deste lugar. O doutor pediume que contase todo o que puidese lembrar ata o momento do accidente, e hoxe dei cabo dese traballo. Sinto unha inmensa liberación ao ver cumprido o meu compromiso. Rematou a miña viaxe río arriba; a miña meta era o momento mesmo en que o raio acabou comigo, conseguín chegar ata esa explosión que provocou tamén o estoupido do meu cerebro.

Agora sei onde aniña o corazón das miñas tebras e sei tamén que só atoparei o descanso, e quizais a curación definitiva, cando o paso do tempo as faga esvaecer, tal como o sol desfai polas mañás a néboa que queda enredada entre as árbores do río. Só me queda confiar en que esta viaxe polo meu interior servise para algo, tal como asegura Víctor, e me permita recuperar a lucidez e a serenidade que un día perdín. Será entón o momento de ver cumprido o meu desexo maior, o que agora ansío por riba de todo: ter outra vez unha vida tan normal e rutineira coma a de calquera das persoas anónimas que compartían comigo as rúas de Madrid.

# Capítulo 18

Así remataba a narración que Laura Novo fora escribindo ao longo de dúas semanas. Malia os tres anos transcorridos, aínda lembro coma se fose hoxe a sensación de desconcerto que experimentara ao ler por primeira vez aquelas follas. Tal como acordaramos, ela entregábame os textos manuscritos cando o consideraba conveniente. Eu pasábaos a limpo e logo, ademais do orixinal, devolvíalle a ela unha copia impresa, quedando eu con outra. E fago referencia ao meu desconcerto porque, conforme Laura me ía achegando as sucesivas entregas, eu constataba que os seus escritos se afastaban moitísimo dos que cabía agardar dunha persoa afectada dunha enfermidade como a que ela padecía.

O que eu agardaba era ler un relato alegórico dos seus males, un conxunto de situacións a través das cales a mente de Laura tentase obxectivar os seus fantasmas interiores. Pero o que ela contaba era moi distinto; todo tiña unha rigorosa coherencia e ofrecía unha abraiante sensación de verosimilitude. Tratábase dun texto onde todas as pezas encaixaban e acababan facendo cribles uns feitos que, pensaba eu daquela, só podían existir na súa imaxinación. Claro que entón non sabía o que agora sei, non podía nin sequera imaxinar a verdade terrible que se agochaba entre as súas liñas.

Nun primeiro momento, atribuín aquela verosimilitude á habilidade de Laura para manexar a materia narrativa. Aínda que non escribo, téñome por un bo lector; son moitas as novelas que levo lidas e sei ben como se pode manipular a credibilidade do lector cando se domina o oficio. Ao cabo, malia ter só un libro publicado, Laura era unha escritora e tiña que saber utilizar con habilidade as estratexias narrativas; para ela debía ser doado mesturar realidade e ficción de tal xeito que o conxunto acabase por parecer crible.

Eu fora lendo por partes aquelas anotacións, conforme ela mas entregaba, sen facerlle comentario ningún, malia a incredulidade que espertaban en min. Posteriormente, ao revisalas todas xuntas, a miña sensación de desconcerto acentuárase aínda máis. Comecei a desconfiar do que Laura contaba; estaba seguro de que moitas das cousas que escribira eran invencións –conscientes ou non, iso non me atrevía a aseguralo–, habilmente mesturadas con feitos reais para que todo encaixase. Aí residía o segredo da ilusión de verdade que provocaba.

Despois de comentar estas impresións co doutor Montenegro, xulguei imprescindible deslindar canto antes o que había de real e de imaxinario no relato de Laura. Así que, tras unha análise atenta, decidín facer unha viaxe a Lugo para confirmar se existía a parella de técnicos do museo e, de ser así, comprobar se tiñan unha filla chamada Iria e se realmente vivira a terrible experiencia que Laura contaba no seu texto. Desgustábame deixala soa na clínica, pois a miña presenza constante cabo dela estaba sendo decisiva para os avances logrados na súa curación; pero a miña ausencia só duraría un día, e Laura parecía estar suficientemente recuperada como para pasar soa unhas poucas horas.

Abandonei o sanatorio de mañanciña. Case catro horas máis tarde, despois dunha viaxe esgotadora, cheguei por fin a Lugo. Había tempo que non visitaba a cidade, pero lembraba ben o lugar da parte vella onde se localizaba o Museo Provincial. Despois de dar varias voltas na procura dun oco onde deixar o coche, atopei por fin un lugar nunha das rúas que confluían na Praza do Campo. Percorrín o breve tramo que me separaba do museo e entrei nas súas dependencias, construídas sobre o que noutro tempo fora un convento franciscano. Abordei ao conserxe e presenteime como un antigo amigo de Charo e Sebastián; expliqueille que estaba de paso por Lugo e desexaba saudalos. O conserxe sinaloume decontado un despacho do primeiro andar, confirmándome indirectamente a existencia das dúas persoas que buscaba.

Atopeinas dentro dunha oficina ampla e desordenada, traballando en cadanseu ordenador. Parecéronme maiores, máis do que imaxinara; debían de estar nesa idade en que xa resulta imposible disimular o paso dos anos. Despois de identificarme e de explicarlles a miña condición de médico responsable da saúde mental de Laura Novo, manifesteilles o meu desexo de mantermos unha breve conversa.

Aos dous lles mudou a cara ao escoitaren o nome de Laura. A muller negouse de vez; visiblemente nerviosa e con voz alterada, díxome que non quería ter relación ningunha con nada que lle lembrase a Casa Grande. Por fortuna, o home accedeu a compartirmos un café nun bar próximo, non sen antes advertirme de que tiña moitas ocupacións e que era pouco o tempo que podía gastar comigo. Entendín axiña que só me falaba por cortesía e que desexaba perderme de vista canto antes.

Na conversa que mantivemos fun o máis directo que puiden, preguntándolle con franqueza por todo o que me interesaba saber. Falamos de Laura, dos días na Casa Grande, do ataque que sufrira Iria, do sufrimento de toda a familia… Sobre o seu agresor, el daba por boa a versión que acusaba ao preso fugado do cárcere de Bonxe, a Policía reunira probas suficientes da súa culpabilidade. A conversa non deu moito máis de si, aquel home non facía máis que mirar o reloxo de cada pouco. Por todo o que me dixo, e deixando á parte valoracións subxectivas, puiden comprobar que a versión que Laura daba dos feitos era a correcta.

—Desculpe a actitude da miña muller, ten que comprendernos –díxome Sebastián cando nos despediamos–. Pasámolo moi mal todos aqueles meses, desde que ocorreu o de Iria nin sequera volvemos por Vilalba, e aínda menos por Lanzós. O único que desexamos é botar fóra da nosa memoria esa etapa da nosa vida.

Cando me vin outra vez só, dirixinme ao lugar onde deixara aparcado o coche. Aínda non era a unha, resolvera todos os asuntos en moito menos tempo do que calculara. Foi entón cando se me ocorreu a idea de achegarme ata Lanzós. Consultei o mapa e comprobei que non quedaba lonxe de Lugo, en menos dunha hora podía estar alí. Tiña tempo de sobra para facer unha visita á Casa Grande e, se cadra, para falar con aquel Carlos Valcárcel que tan destacado papel tiña no relato de Laura. Quizais el podería contarme algúns detalles que me axudasen a matizar a narración da miña paciente.

Cheguei a Vilalba en pouco máis de media hora, o tráfico que había era moi escaso. Case me levou tanto tempo atopar a estrada de Lanzós, xa que non encontrei ningún sinal que me servise de referencia. Cando por fin dei co cruzamento onde nacía a estrada, reparei nun cartel que había nunha das casas próximas: «Mesón da Ponte. Restaurante.» Polo que Laura relataba, aquel tiña que ser o sitio onde xantara o agresor de Iria. Axiña serían as dúas e xa comezaba a sentir fame, así que decidín parar alí a comer. Se cadra, incluso podía acabar coñecendo algún detalle novo do que ocorrera aquel día.

Fóra do xantar –caldo, callos e carne asada, como na inmensa maioría das casas de comidas do país; haberá unha conspiración para poñelas de acordo?–, non quitei outra cousa de proveito. O dono do mesón tomoume por periodista, e eu deixei que continuase co equívoco, á vista do entusiasmo con que contestaba as miñas preguntas. Lembraba ben o caso da rapaza e todo o rebumbio que se formara ao redor del; mesmo me informou polo miúdo sobre o agresor e mais sobre a familia que tiña na vila de Rábade. Pero non me dixo nada que achegase unha nova luz sobre o que me interesaba.

Levoume pouco tempo chegar a Lanzós, a aldea non dista máis de dez quilómetros de Vilalba. Agardaba atopar indicacións da Casa Grande, tal como Laura contaba nos seus escritos, mais non dei con ningunha. Tiven que preguntar varias veces, ata que unha muller duns cincuenta anos, que sachaba nunha leira abeirada á estrada, me puxo ao tanto das novidades:

—A Casa Grande élle aquela que se ve aló diante, pero xa non recibe xente. Hai un ano que pechou, agora non vive ninguén nela.

Como a muller parecía ter gana de conversa, procurei quitarlle toda a información que puiden. Decidín explotar o equívoco que soltara a lingua do home do mesón e presenteime como un periodista que andaba a facer unha reportaxe sobre crimes e agresións ocorridos na provincia. A muller contoume que o dono –don Carlos, como ela lle chamaba– baleirara a casa había xa ben meses e marchara dela, parecía que definitivamente. E que Moncho e María, os caseiros, tamén deixaran o lugar.

—Agora viven en Lugo, creo que lles vai moi ben aos dous. Don Carlos conseguiulles emprego e mercoulles un piso. Solucionoulles a vida! –continuou a señora–. Tamén se di que lles fixo escritura de doazón da Casa Grande, que ha ser para a filla cando acade a maioría de idade. Claro que todo iso son cousas que se falan por aquí, ben sabe vostede como é a xente; eu non lle sei moi ben o que haberá de certo en todo isto.

Desconcertado polo que acababa de oír, despedinme da señora e dirixinme á Casa Grande, malia ser consciente de que se trataba dun movemento inútil. Axiña puiden comprobar que o edificio tiña toda a traza de estar abandonado desde había meses. As portas e as contras aparecían pechadas, reforzando a sensación de soidade que ofrecía a vivenda. A herba medrara sen xeito e as silveiras invadiran boa parte do espazo do xardín. Calquera vía que ninguén coidaba de todo aquilo desde había ben tempo. A volta que dei ao redor do edificio confirmoume o estado de sucidade e abandono de todas as dependencias. Custaba crer que aquela casa fose a mesma que Laura describía con tanto engado nos seus escritos.

Só me restaba regresar á clínica, máis alá da Casa Grande non había nada que investigar. Regresar á clínica! Iso sería o sensato, mais o que fixen foi deixarme arrastrar por unha decisión absurda, que quizais acabou sendo a desencadeante de todo o que veu despois.

# Capítulo 19

ÍNDA é hoxe o día en que non sei que impulso tolo me levou a montar no coche e, en vez de regresar a Vilalba, prolongar a miña viaxe co obxectivo de me achegar a San Simón. Quizais foi esa curiosidade que me caracteriza, quizais foi a miña insatisfacción ante aquela inútil visita á Casa Grande e o desexo de non marchar coas mans baleiras. Aínda que, se cadra, todo foi máis sinxelo e azaroso: o indicador que atopei na estrada, ao baixar pola pista de grava que comunicaba coa casa, espertou en min o desexo de comprobar a veracidade dos puntos da historia de Laura que semellaban máis incribles.

Non tardei en chegar ao lugar onde se levanta a igrexa da parroquia, un rueiro cunhas poucas casas distribuídas ao redor dunha pequena praza. No baixo dunha delas había unha taberna, na que entrei a tomar un café e mais a preguntar o que me interesaba. Non había ningún outro cliente, así que me resultou doado enfiar unha conversa coa señora que atendía o negocio. Soportei algunhas preguntas sobre a miña procedencia e o obxectivo que me traía a San Simón, que despachei con catro respostas tópicas. Cando lle preguntei pola

Cova de Fornos fitoume con estrañeza; posiblemente se preguntaba que se me perdería naquel lugar, pero acabou dándome as indicacións precisas para chegar ata ela, non sen antes advertirme de que o acceso era dificultoso.

A confirmación de que a cova existía realmente espertou en min o desexo de explorala. Non me resultou fácil atopala; tiven que deixar o coche nun lugar onde a estrada se convertía nunha verea intransitable, e camiñar logo un bo treito monte arriba, abríndome paso entre os toxos que medraban na maior parte do terreo. Levaba canda min a lanterna que sempre teño no coche, íame ser imprescindible se quería entrar na gruta. Despois de andar e desandar por carreiros case borrados, e cando xa pensaba que me embarcara nun esforzo inútil, alcancei por fin o meu obxectivo.

A cova estaba medio oculta polas moitas xestas que medraban ao seu redor, non era doado reparar nela se non se sabía que buscar. Parado diante da entrada, comprobei con sorpresa que, aínda que quixer, non podería repetir os movementos de Laura, como era o meu propósito. Alguén tapiara a abertura, construíndo un valado de pedras que a cubría por completo. As xestas e toxos do redor fixeran o resto, contribuíndo a que a gruta pasase inadvertida a quen non coñecese previamente a súa existencia. O máis probable sería que a cegasen os veciños da parroquia para evitar que alguén caese polo pozo interior descrito no relato de Laura. O razoable era dar a volta, abandonar aquela expedición sen sentido na que me embarcara. Mais o certo era que aquela muralla de pedras non facía máis que aumentar o meu interese por comprobar que habería dentro.

Apartei as xestas e toxos que me impedían o acceso e comecei a quitar as pedras por un dos lados da entrada, ata deixar libre un oco que me permitía penetrar con certo desafogo. Do interior da cova saíu unha corrente de aire frío que trouxo ata min un cheiro estraño e dificilmente soportable; pero, aínda que tiña presentes as palabras do relato de Laura, en ningún momento me deixei levar polos seus temores. Aquel fenómeno tiña que ter unha explicación máis doada e racional. A corrente de aire frío viría provocada por unha comunicación subterránea con algunha outra saída; e aquel fedor nauseabundo seguramente se debía ao cadáver en descomposición dalgún animal que quedara atrapado no interior.

Coa lanterna na man, introducinme na cova. Era a primeira vez que estaba dentro dunha gruta e impresionoume contemplar aquel espazo frío e silencioso; mesmo tiven que desbotar os temores que, contra a miña vontade, tentaban instalarse dentro de min. A escasa luz do exterior que penetraba polo oco acompañoume durante os primeiros metros, mais axiña desapareceu, tragada por unha mesta escuridade que o raio de luz da lanterna apenas lograba penetrar. Pisar o chan da cova deixoume desconcertado, ao comprobar que os meus pés se afundían nel, talmente coma se camiñase pola area dunha praia. Cando o enfoquei coa lanterna, puiden ver que estaba formado por unha especie de cinsa negra que me trouxo á memoria o solo volcánico de Lanzarote que tanto me chamara a atención nas miñas viaxes ás Canarias.

Pronto comprobei que Laura non mentira na súa descrición. Despois dun treito en que o chan da cova descendía de xeito suave, batín co pozo do que ela falara. Aínda que xa ía avisado, a proximidade do perigo provocoume un intenso arreguizo. Avanzando con pasos mínimos, arrimeime a unha das rochas que sobresaían do chan e achegueime ao bordo todo o que me foi posible. Dirixín a luz da lanterna á escuridade daquela sima, pero o raio só iluminou a porción de parede máis próxima, diluíndose logo entre a espesa negrura do pozo, do que era imposible aventurar a súa profundidade.

Cando me encontraba agachado e inmóbil na beira daquel abismo, tomei conciencia dun ruído que os pasos sobre a cinsa me impediran escoitar. Ata os meus oídos chegaba agora unha especie de respiración axitada. Parecía proceder de aló abaixo e soaba coma se estivese moi lonxe, aínda que desde a miña posición a escoitaba con toda nitidez, coma se as paredes do pozo servisen de canle amplificadora. O meu cerebro atopou axiña unha explicación sinxela para aquel fenómeno: a cova debía de ser un refuxio idóneo para unha manda de xabarís, posiblemente había outras entradas que permitían acceder ao seu interior; quizais algúns deles tiñan alí o seu agocho, e o que eu oía eran os ruídos que provocaban.

Algo dentro de min me dicía que aquela explicación resultaba inconsistente, mais tampouco quería pensar noutras posibilidades. Contra a miña vontade,

178

notei como agromaban na miña mente os temores que Laura insinuaba no seu texto. Collín medo, un medo que se trocaría en terror absoluto se entón soubese o que agora sei. Mais daquela só era o temor que se adoita experimentar ante o descoñecido, un temor que me impulsou a abandonar naquel punto a miña investigación e saír canto antes do lugar.

Ao erguerme para retroceder ata a saída, sucedeu un incidente que daquela só cualifiquei de pequeno contratempo. O colgante en forma de tríscele celta, aquel colgante de prata que levaba pendurado do pescozo desde que Laura mo regalara, enganchóuseme nun saínte da rocha sen eu me decatar. O impulso que fixen para erguerme provocou a rotura da cadea, de maneira que o colgante caeu ao baleiro sen que puidese facer nada por evitalo.

A verdade é que me desgustou perdelo; tíñalle aprecio e sabía que Laura se alegraba de que o levase sempre comigo, para ela era como un símbolo dos lazos de afecto que nos unían. Pero tampouco lle dei unha grande importancia e pensei que todo podería amañarse achegándome ata A Guarda calquera dos próximos días para mercar outro semellante no museo de Santa Trega.

Foi un alivio saír da gruta e ver de novo a luz do sol. Desandei o camiño e regresei ao coche o máis rápido que puiden. Logo puxen rumbo a Vilalba, contento de afastarme daquela cova que espertara en min un temor irracional. Non parei na vila, senón que a atravesei e collín pola estrada de Santiago, disposto a facer dun tirón todo o camiño de volta. Eran preto das once da noite cando, canso e con fame, divisei ao lonxe as luces da clínica. Malia o pouco tempo que levaba nela, experimentei a mesma alegría que sentía de neno cando, despois de pasar un trimestre interminable no internado, albiscaba desde o tren as primeiras paisaxes familiares. Alí estaba o meu traballo, a miña vivenda, a miña vida. E alí estaba Laura, agardando impaciente o meu regreso. Se é verdade que todos precisamos un lugar de referencia para sentírmonos seguros, a clínica era daquela o centro do meu mundo.

# Capítulo 20

Nos días posteriores á miña viaxe, Laura experimentou un inesperado empeoramento. Daquela pensei que só se trataba dunha desas coincidencias do azar, era impensable que o seu estado se agravase polo feito de afastarme durante un único día do seu lado. Pero o certo foi que todos os avances que, pasiño a pasiño, foramos conseguindo nos meses anteriores acabaron derrubándose nun instante, coma un castelo de area esfarelado pola forza cega do mar.

Os primeiros síntomas manifestáronse dúas noites despois do meu regreso. Laura volveu ter os pesadelos que xa cría esquecidos, e iso provocou nela unha conmoción terrible. Segundo me contou ao outro día, espertara no medio da noite cunha sensación de terror tan intensa e angustiosa que saltara da cama e fuxira do cuarto, nunha carreira entolecida polo corredor adiante, ata que un dos celadores a detivera ao pé das escaleiras e conseguira facela acougar. O seu espanto nacía da certeza de que algo terrible a ameazaba no soño e de que, mesmo despois de espertar, esa presenza opresiva seguía a axexala desde as sombras, máis alá das fronteiras do soño.

Estes pesadelos repetíronse nas noites seguintes, cunha frecuencia cada vez maior. Vinme na obriga de trasladar a Laura a un novo cuarto, cunha enfermeira ao seu carón durante a noite, encargada de vixiar o seu sono. Eu pasei a durmir nun cuarto contiguo, se é que se lle pode chamar durmir ao sobresalto continuado en que transcorrían as horas nocturnas. Son testemuña do enorme sufrimento de Laura, afundida outra vez no mundo de sombras que tan traballosamente conseguira abandonar.

O peor foi que durante o día tamén se comezou a evidenciar a súa regresión. Cada vez custáballe máis traballo manter comigo unha conversa coherente; a axitación non a abandonaba en ningún momento e tiña dificultades para manter a concentración. As obsesións que a dominaban por dentro eran cada vez máis fortes. Ademais da xa coñecida teima de que alguén a vixiaba, chamaban a atención as súas continuas referencias ao paso do tempo. Frases como «Os meus días acábanse» ou «Xa case non queda tempo» estaban decote na súa boca, coma unha ladaíña incesante.

Vímonos na obriga de establecer controis case tan rigorosos coma cando eu chegara á clínica, porque Laura intentou fuxir en varias ocasións. Era evidente que non podiamos deixala marchar naquel estado; non só eramos responsables da súa curación, senón tamén da súa seguridade. Volvemos administrarlle tranquilizantes en doses elevadas, volvemos extremar a vixilancia durante o día e a noite. Pero aquela Laura cada vez máis afastada do mundo real estaba de novo

moi lonxe da muller esperanzada e decidida que eu
coñecera nas semanas anteriores. A verdade é que me
atopaba desorientado, sen encontrar ningunha explica-
ción para aquel súbito proceso regresivo. Era a primeira
vez que tiña un fracaso daquela magnitude, sentíame
impotente e confuso como nunca estivera.

Unha tarde mantiven unha longa conversa co dou-
tor Montenegro, que viña observando con preocupa-
ción tanto a deterioración de Laura como o meu pro-
gresivo desánimo. Interesábame coñecer a súa opinión,
xa que el tiña unha experiencia da que eu carecía.

—As regresións en pacientes deste tipo son algo
habitual, amigo Víctor. Comprendo a súa frustra-
ción, pero non que se deixe levar polo desánimo –a
voz do doutor soaba enérxica e persuasiva, nun intento
de devolverme a confianza que estaba a perder día
tras día–. Quizais haxa que reiniciar o proceso desde
outro enfoque. A terapia baseada na escritura produciu
só unha mellora temporal, pero non foi un fracaso:
demostrou que esa mellora é posible. Laura está des-
exando saír fóra dos muros interiores que llo impiden,
mais non é capaz de facelo. A nós correspóndenos
axudala, amigo meu.

—Sabe que estou de acordo, doutor Montenegro.
Hai algo que bloquea a súa mente, é coma se topase
cun muro que lle impide avanzar. Resulta frustrante
non saber como actuar nun caso así. Contaba con que
a miña viaxe a Lugo iluminaría algúns puntos escuros,
mais o único que saquei en limpo foi a confirmación
da base real que teñen os escritos de Laura. Uns escri-
tos que xa case sei de memoria, de tanto revisalos na

procura dalgunha clave oculta que me desvele o que ela omitiu. Claro que…

Interrompín a miña frase e quedei dubidando durante un tempo, mentres valoraba a nova posibilidade que se me acababa de ocorrer. Ata daquela, seguramente fascinado polos avances de Laura, nin eu mesmo me decatara da importancia que podía ter.

—Claro, que? –animoume o doutor, estrañado por aquel súbito silencio meu.

—Pois que hai algo que non sabemos, fáltanos unha peza importante do puzle. Se cadra non nos achega nada, mais cabe a posibilidade de que sexa a que lle dea sentido a todo o conxunto.

—A que peza se refire?

—Non reparou en que non sabemos nada de Carlos Valcárcel, agás o que Laura contou nos seus escritos? É evidente que ese home ten que coñecer feitos que nós ignoramos; só el pode encher os ocos que quizais Laura deixou na súa narración. Pero non hai ningún rastro de Carlos, semella coma se a terra o tragase. A Casa Grande está pechada, e ninguén de por alí parecía saber nada do seu paradoiro.

—Se ese é o único problema, a solución pode ser moi doada –contestou o doutor Montenegro, cun leve sorriso–. Porque Carlos Valcárcel é quen paga a estadía de Laura no hospital. –Ante a miña expresión de abraio, engadiu–: Non llo dixera antes? Nós temos o compromiso de cargar todos os gastos ao seu nome, a unha conta bancaria dunha das oficinas que Caixa Galicia ten en Santiago.

—Unha conta bancaria en Santiago? Entón tamén sabe o seu enderezo!

—Non, o enderezo non figura en ningures. Se cadra, asinou coa caixa unha cláusula de confidencialidade. Con todo, sempre hai camiños para saber o enderezo dunha persoa coñecendo o seu número de conta. Por que non o intenta?

Non me foi moi complicado coñecer os datos que buscaba. Un meu amigo da adolescencia, con quen seguira mantendo unha amizade intermitente, ocupaba un cargo de certa importancia nas oficinas centrais de Caixa Galicia, na Coruña. Falamos por teléfono e expliqueille o que necesitaba, insistíndolle no importante que era para min. Ao primeiro resistiuse, alegando a obriga de gardar o segredo bancario; mais ao final accedeu, despois de pregarme encarecidamente que nunca desvelase as fontes.

Foi unha sorpresa coñecer que Carlos Valcárcel marchara de Galicia e vivía agora en Portugal, na cidade de Porto. Eu imaxinábao na Coruña, non sei ben por que. Tería este cambio de residencia algo que ver con Laura? Fisicamente non estaba lonxe dela, Porto queda a pouco máis dunha hora da fronteira. Pero, vista a proximidade, por que nunca a visitara? Por que non dera sinais de vida en ningún momento? Esas e outras preguntas eran as que eu lle quería facer cando o localizase. Á vista do que Laura contaba, o comportamento de Carlos non tiña sentido, agás que entre eles se producise unha ruptura da que eu nada sabía. Había moitos puntos escuros, quizais algúns decisivos para a curación da miña paciente. Era imprescindible falar con el.

Ao outro día, despois de traballar na clínica durante unha boa parte da mañá e de xantar frugalmente na soidade do apartamento, collín o coche e puxen rumbo a Porto, disposto a atopar resposta ás miñas preguntas. Era a primeira vez que facía a viaxe pola autoestrada nova, moi distinta do traxecto longo e tedioso que gardaba na miña memoria. Hora e media despois, a cidade apareceu ante min cuberta por unha mesta capa de nubes negras, coma se se estivese a preparar unha forte tormenta. Indiferente a todo o que non fose o meu obxectivo, dirixinme á zona próxima á catedral, un lugar onde sabía doutras veces que non me sería difícil aparcar. Ademais cadraba preto do meu destino, xa que Carlos vivía na rúa de Santa Catarina, un nome que asociei de inmediato ao do Majestic, a cafetería modernista que tanto frecuentara durante a miña estadía na cidade, había xa máis de catro anos.

Eran as cinco da tarde cando timbrei no portal. Houbo sorte: Carlos estaba na casa, aínda que axiña comprobei que non desexaba falar con persoas descoñecidas. Mantivemos un breve e tenso diálogo a través do porteiro automático, e só conseguín que me abrise cando manifestei o desexo de lle consultar algo moi importante relacionado con Laura Novo. Entón escoitei un seco «Suba», e abriuse o portal.

Cando cheguei ao piso, Carlos xa me agardaba coa porta aberta. A verdade é que me fixera outra imaxe del, construída a partir das múltiples referencias de Laura. Era un home ben máis alto ca min, delgado e de complexión forte, con moitas engurras na cara e cun pelo que xa branqueaba por todos os lados. Pero os seus ollos conservaban un brillo xuvenil e tiña algo, coma unha aura, que o facía moi atractivo.

Sorprendeume descubrir en min un sentimento de antipatía, coma se uns celos agochados se abrisen paso no meu interior. Quizais, penso agora, daquela fun consciente de que Carlos existía realmente e de que Laura o amaba, se é que o amaba aínda; e tamén de que podía ser o único obstáculo que se interpuxese entre ela e mais eu. E digo que me sorprendín porque foi naquel momento cando por primeira vez me decatei de que o meu interese por Laura era moito máis que profesional, aínda que ata daquela quixese ocultar os meus sentimentos a todo o mundo, a min en primeiro lugar.

Despois de saudármonos con frialdade, Carlos fíxome pasar a un espazoso salón onde os libros e os cadros case non deixaban ningún oco libre nas paredes. Sentamos en dúas butacas, a carón dunha ampla e acolledora terraza ateigada de arbustos e de plantas floreadas. Desde ela divisábase todo o barrio da parte vella, coas rúas estreitas e pinas, e o río Douro ao fondo, estendéndose como unha fronteira escura que marcaba os límites da cidade.

Perdemos pouco tempo en cortesías, ou dous desexabamos abordar canto antes o asunto que me levara ata alí. Carlos quería saber como dera con el e cal era o motivo da miña visita. Fíxenlle un breve resumo das razóns polas que necesitaba conversar con el, e omitín de xeito deliberado as circunstancias que me permitiran coñecer o seu enderezo. Faleille do proceso de curación de Laura, do relato que escribira, respondendo ao meu rogo, sobre os feitos que a levaran á situación actual; da miña frustrada visita á Casa Grande, había poucos días. E tamén do moito que Laura falaba del, tanto nas nosas conversas como no escrito que redactara.

—Sei tamén que houbo unha relación máis íntima entre vostedes, aínda que Laura nunca entrou en detalles, que nin preciso nin desexo coñecer –concluín–. O único que quero de vostede é unha conversa que me aclare todo o que Laura deixou sen dicir. Trátase dunha información que pode ser crucial para curala.

—Podo dedicarlle toda a tarde, non imos ter problemas de tempo –Carlos xa parecera esquecer a contrariedade derivada da miña intromisión na súa vida; naquel momento semellaba realmente interesado en axudarme–. Tratarei de satisfacer a súa curiosidade, aínda que supoño que haberá puntos que quizais non saiba ou non poida contestar. Así que vostede dirá.

Eran moitas as preguntas que levaba preparadas, pensaba repasar polo miúdo todos os meses que Laura permanecera na Casa Grande. Pero cumpría facelo devagar, mesmo con rodeos, para ir vencendo a previsible reticencia de Carlos cando as cuestións fosen máis comprometidas. Decidín comezar polo máis doado:

188

—O relato que Laura escribiu remata o 4 de maio, no momento en que o raio cae a carón dela; a partir de aí, como era previsible, non lembra máis nada. Gustaríame saber que pasou despois do accidente.

Confeso que o abraio me foi invadindo a medida que escoitaba a súa resposta. Como xa supoñía, fora Carlos quen, tras recollela no prado coa angustia de non saber se sobreviviría, levara a Laura a un hospital de Lugo, e quen xestionara o seu posterior traslado ao Hospital Xeral, en Santiago. E fora el tamén, logo de curaren as súas doenzas físicas e á vista da deterioración psíquica de Laura, evidente des que recuperou o coñecemento, quen decidira internala no mellor lugar que os médicos lle recomendaran, a Clínica Beira Verde. Todos os gastos que a estancia de Laura puidese ocasionar corrían da súa conta, era o mínimo que podía facer por ela. A derradeira vez que a vira fora cando a introduciran na ambulancia que a trasladaría ata a nosa clínica.

Non obstante, a miña sorpresa maior veu cando me dixo que, despois do accidente, collera todas as pertenzas de Laura e queimáraas ata reducilas a cinsa. Todas, sen excepción: roupa, papeis, ordenador, libros, fichas, obxectos persoais… Coma se desexase borrar por completo a memoria de Laura e da súa existencia na Casa Grande. Días despois, pechara a casa e xestionara unha solución para o futuro de Moncho e a súa familia. E el trasladárase a Porto, decidido a romper todas as ataduras co seu pasado e abrir, unha vez máis, outra nova etapa na súa vida.

—Como non desexaba desvencellarme de Galicia, Porto era o meu destino idóneo, por moitas razóns –explicoume–. Esta é unha cidade que me permite manter con facilidade o anonimato que desexo, non sabe ben o pracer que se pode experimentar sendo un máis entre a multitude solitaria. E logo estaba tamén a fascinación do sur. Cando un vai maior, o sur, calquera sur, acaba sendo unha obsesión e unha necesidade; vostede ben sabe que hai moita literatura sobre iso, lembre a Stevenson e a tantos outros. Nun primeiro momento pensei en Lisboa, que me atraía máis. Pero na miña escolla foi determinante, como vostede ben supón, o feito de poder estar fisicamente preto de Laura, aínda que ela non chegue a sabelo nunca.

—Pero, por que o queimou todo? Como puido ser tan cruel? –exclamei, en canto dei saído do meu desconcerto–. Foi como destruír a memoria de Laura, unha forma simbólica de facela morrer.

—Non pretendo que vostede o entenda, doutor Moldes. Hai só uns meses, tampouco eu o entendería. Ninguén máis ca min sabe o que me doeu queimalo todo, tamén era unha parte esencial da miña vida a que desaparecía nas cinsas. Pero fixen o que debía facer. Despois de escoitalo a vostede, aínda estou máis seguro de que obrei como debía.

—Nunca o entenderei, se non mo explica –contestei.

—Non teño inconveniente en explicarllo, aínda que xa lle advirto que nin estou tolo nin vexo a necesidade de poñerme en mans da ciencia psiquiátrica.

–Parou un momento, coma se dubidase; pero logo miroume en fite e engadiu con voz firme–: Queimeino todo para que Laura puidese estar a salvo o resto da súa vida.

—A salvo de que? –preguntei, desconcertado.

—A salvo da Gran Besta. Queimeino todo para que a Gran Besta non puidese atopar nin o máis pequeno rastro de Laura.

# Capítulo 21

QUEDEI tan abraiado ao escoitar aquela resposta que permanecín mudo durante varios minutos, sen saber que dicir. Como era posible? Polo que eu sabía, o meu interlocutor posuía unha sólida formación e un amplo coñecemento do mundo e da vida. Como podía deixarse levar tamén el por unhas supersticións propias de xente ignorante? Dentro de min agromou a sospeita de que me dicía aquelas simplezas para despistarme, se cadra había algún segredo que me desexaba ocultar.

Procurando empregar un ton entre sarcástico e ofensivo, fíxenlle ver que estabamos ás portas do século XXI e que as súas palabras non tiñan ningún sentido. A viaxe a Porto non era un divertimento, senón unha tentativa de recadar novos datos que me axudasen a tratar a miña paciente. Non estaba disposto a marchar de alí sen que me contase todo o que seguramente sabía.

—Deixe de darlle máis voltas, doutor Moldes —cortoume Carlos, con voz firme—. Vostede leu o texto que Laura escribiu, acaba de contarmo polo miúdo; eu só lle estou dicindo que todo o contido desas follas corresponde coa realidade. Ou ten outra explicación mellor para os acontecementos que xa coñece? Acaso cre que son imaxinacións? Como pensa entón que Laura entrou nese labirinto que vostede se empeña en identificar como neurose?

Non sei se sería esa a intención de Carlos, pero aquelas palabras provocáronme unha súbita irritación. Sentinme tratado coma un ignorante, coma se eu fose alguén tan simple como aquel Moncho que o servía fielmente, unha persoa a quen se pode despachar con calquera explicación. Pero non gañaba nada demostrándolle o meu malestar; ao contrario, arriscábame a que dese por rematada a conversa. Cumpría facer un esforzo para manter a serenidade.

—Debería ler a Jung, a súa obra é sumamente clarificadora; hai moito tempo que a psiquiatría atopou explicación para estes fenómenos aparentemente inexplicables –respondín con voz calma–. Non digo que Laura non vise o que declarou ver, non é ese o problema; é máis, estou convencido de que viu todo o que di. Pero nada diso existe fóra dela, todo é unha creación do seu cerebro. Os monstros, prezado Carlos, só están vivos dentro de nós.

El miroume cunha ollada escéptica; despois, respondeu:

—A psicanálise non é o meu forte, doutor, aínda que hai anos tamén me interesei polas ideas de Sigmund Freud e os seus discípulos. Con todo, estou disposto a aprender, se se sente con ánimo para ofrecerme unha explicación convincente das súas teorías.

Carlos calou e seguiu ollándome en fite, á espera dunha resposta. Para vencer aquel incómodo silencio, vinme na obriga de improvisar a explicación que me pedía:

—Fálolle de Carl Gustav Jung porque el, moito mellor que Freud, foi quen desvelou as claves esenciais para entender e curar as neuroses. Como vostede xa debe saber, durante os primeiros meses do embarazo o embrión humano vai pasando, en fases sucesivas, por toda a historia da evolución. Nalgúns momentos non se diferencia do embrión dun invertebrado ou do dun réptil, seguramente terá visto fotos que desvelan esta curiosa similitude.

»Algo semellante ocorre co noso cerebro, que tamén conserva nas súas capas máis profundas, as primeiras que se forman na xestación, as marcas deses milleiros de anos de evolución. O cerebro do réptil ou o do verme viven no máis profundo de nós, aínda que logo sexa a cortiza cerebral a que goberne os nosos actos. Pero a cortiza é só unha parte minúscula do cerebro, unicamente ten uns milímetros de espesor. Por baixo dela, millóns de neuronas realizan un labor do que apenas sabemos nada. Nunca deberiamos esquecer esta realidade.

»Somos tan racionais, estamos tan orgullosos das nosas capacidades, que esquecemos a actividade desas neuronas que configuran as capas máis profundas do noso cerebro, aquelas que compartimos cos animais dos que descendemos na escala evolutiva. Aceptamos con naturalidade a existencia de comportamentos que as distintas especies levan escritos nas súas neuronas, como unha marca indeleble –o impulso das aves a construír niños adaptados ás súas necesidades ou o das abellas e formigas a vivir en colonias xerarquicamente organizadas, por poñer dous exemplos típicos– e, pola contra, parécenos absurdo asumir que no noso cerebro conservamos pegadas semellantes. Pero existen, xaora que existen. Esas pegadas son o que Jung definiu como arquetipos, imaxes simbólicas que atopamos en todas as civilizacións e culturas. Son representacións inherentes a todo o xénero humano: non hai tribo, pobo ou raza onde non se poida sinalar a súa presenza.

»Se Laura non mentiu, sabe de sobra a que me refiro, porque os pais de Iria, eses clientes seus que traballan no museo de Lugo, falaron do tema máis dunha vez nas veladas nocturnas da Casa Grande. Nunca se parou a pensar na persistencia de mitos análogos a este que vostede identifica como a Gran Besta? Como explica que haxa imaxes e símbolos semellantes en tantos lugares distintos, en tantas culturas afastadas no espazo e no tempo? Iso só ten explicación se se acepta que son imaxes presentes no noso cerebro desde o inicio da vida; monstros interiores que, con toda probabilidade, proveñen das capas cerebrais máis profundas.

»Todas as persoas gardamos esas imaxes no noso interior, Ás veces, sen sabermos por que causa, acaban aflorando e chegan á nosa cortiza racional. Daquela é cando aparecen as neuroses, como lle ocorreu a Laura. Nestes casos, cómpre descubrir as causas que as fixeron aflorar, Jung ten páxinas brillantísimas sobre iso. Só dese xeito poderemos volver os monstros ao seu lugar interior, coa conseguinte recuperación da estabilidade psíquica.

Carlos escoitárame con interese, aínda que nos seus ollos había unha mirada escéptica que parecía contradicir todo o que eu expuxera no meu discurso. Cando rematei, despois dun tenso silencio, dixo:

—E que pasaría se todas esas teorías estivesen erradas? Que ocorrería de sabermos que os terrores non proceden do noso interior, senón que obedecen a unha realidade que está aquí, a carón de nós, aínda que actuemos coma se non existise? Que ocorre se os mitos e crenzas aos que vostede se refire non son unha reminiscencia cerebral arcaica, como quere Jung, senón a expresión poetizada de terrores innominados?

—Como pode vostede, unha persoa estudada, dicir cousas así! —respondín, indignado—. É evidente que Laura padece unha neurose, un desaxuste vital que é mester solucionar atopando as causas que o fixeron posible. Iso obríganos a coñecer o que ela quixo expresar coa imaxe da Gran Besta; necesitamos saber qué se oculta baixo ese símbolo terrible.

—No do desaxuste e na necesidade de arranxalo, estou de acordo con vostede; nada me faría máis feliz que ver a Laura recuperada —comentou Carlos, con voz tranquila, mentres prendía un cigarro—. O problema é que vostede pensa que a Gran Besta ten unha dimensión mítica, que é só a imaxe simbólica dalgún desaxuste emocional. Se me contase iso mesmo hai uns meses, teña por seguro que aplaudiría a súa explicación, tan convincente. Pero hoxe, non. Porque hoxe creo que a Gran Besta existe, que é un perigo real, e que Laura está ameazada por esa sombra terrible que espertou do seu letargo.

Diante daquelas absurdas ideas, vinme incapaz de permanecer calado, aparentando unha tranquilidade que estaba lonxe de sentir. Comecei a falar de xeito apaixonado, expoñendo todo o que eu pensaba, buscando exemplos que me axudasen a expresarme con máis claridade, tal coma se estivese na clase tentando convencer un alumno que se negaba a aceptar as miñas ideas. Despois de escoitarme durante moitos minutos, Carlos fixo un aceno cos brazos, como indicándome que xa chegaba.

—Non se esforce máis, doutor Moldes, está vostede malgastando as súas enerxías. Nin me vai convencer nin, polo que observo, o convence nada do que eu lle digo. Paréceme máis útil aprazarmos esta discusión durante algúns días; se daquela persiste o seu interese, por min non haberá inconveniente. Total, axiña vai haber un ano; queda pouco tempo para saber se a razón a ten vostede ou a teño eu.

Tras comprobar que eu nada dicía, desconcertado polas súas palabras, engadiu:

—Se a Laura non lle ocorre nada nos días vindeiros, estou disposto a revisar todo o que agora creo. Pero se a Laura lle pasase algo, se finalmente a Gran Besta dá con ela e consegue destruíla, será sinal de que lle corresponde a vostede revisar esas ideas que tan ben organizadas ten na súa cabeza.

—Que é iso de que axiña haberá un ano? Que quere dicir con que queda pouco tempo? –preguntei, subitamente alarmado. As últimas palabras de Carlos trouxeran de repente á miña cabeza as frases obsesivas de Laura durante os últimos días.

—Quero dicir que pronto haberá un ano des que comezou todo. Non conta iso Laura nos seus papeis? –Ante a miña negativa, continuou–: Segundo o mito, cando a Gran Besta esperta e abandona o seu agocho permanece durante un ano entre nós. O tempo dunha órbita completa arredor do sol, obedecendo algún ritmo cósmico do que nada sabemos. E logo volve durmir nas profundidades das que saíu, á espera doutra forza poderosa que a faga regresar.

Eu permanecía mudo, incapaz de dicir nada, mentres o meu cerebro se esforzaba en comprender que escura realidade se agochaba detrás daquelas palabras. Coma se non falase para ninguén, Carlos continuou:

—O meu can Dédalo morreu o 24 de novembro, imposible esquecer a data. Esa foi a primeira manifestación da Besta, debeu saír das profundidades pouco tempo antes. Axiña ha ser o aniversario da súa presenza entre nós, quédanlle poucos días para manifestarnos o seu mal.

Escoitar aquelas palabras foi unha conmoción. Sentín que todas as miñas defensas intelectuais se derretían coma a cera diante dun gran lume. Unha sospeita atroz tradeaba no interior do meu cerebro tentando abrirse paso ata a superficie. Contra toda evidencia científica, contra todo o que sabía e aceptaba, a idea de que Laura estaba en perigo, un perigo real, impúxose sobre calquera outra consideración. Jung, Freud, Adler, Von Franz…; de repente, toda a miña concepción do mundo se esfarelaba, derrubándose con estrondo. Un estrondo interior que me deixou sumido no máis profundo desacougo.

E se todo era verdade, como Laura sospeitaba e como Carlos afirmaba agora? E se tamén era certo o do prazo anual? Quizais a Gran Besta estaba naquel intre tras do rastro de Laura, mentres eu perdía o tempo sentado naquel piso de Porto. Nin a Carlos nin a ninguén lle contara nada da miña viaxe ata a cova de Fornos, pero comezaba a sentir por dentro a horrible sensación de que aquela visita fora un erro, de que nunca debín apartar as pedras que tapiaban a entrada da gruta. Quizais, de xeito involuntario, deixara alí as pegadas suficientes para que aquel terror puidese seguir o meu rastro e chegar ata a clínica, o lugar onde Laura estivera segura deica entón.

Desconcertoume comprobar a conmoción que as palabras de Carlos provocaran dentro de min. O cerebro seguíame dicindo que todo aquilo carecía de sentido, pero o corpo pedíame que non permanecese alí nin un minuto máis. Despedinme de Carlos, cunha escusa improvisada de calquera xeito, e camiñei con pasos rápidos ata o coche. Xa eran case as oito e a noite botárase enriba da cidade. O ceo, cuberto de nubes negras, semellaba tan lúgubre coma a escuridade daquela gruta afastada que cobraba agora unha importancia capital. A tormenta aínda non descargara, o aire continuaba anormalmente quente. Atravesei a cidade o máis rápido que puiden, na procura dunha saída que me permitise coller a autoestrada, disposto a chegar á clínica canto antes. Algo me dicía que Laura estaba en perigo e que eu era a única persoa que podía defendela.

Cando xa estaba chegando á fronteira, vinme na obriga de deter a miña marcha. Unha interminable caravana de vehículos indicoume que algo raro ocorría. Un camión cisterna cargado de aceite esvarara nunha das curvas e envorcara sobre a estrada, derramando parte da súa carga. Iso obrigara a cortar a circulación mentres retiraban o vehículo e limpaban o pavimento. A consecuencia foi que me atopei pechado no coche, no medio dunha columna interminable de vehículos, sen poder andar nin para adiante nin para atrás.

Maldicín o tráfico, nun desafogo ridículo, e tamén a mala sorte que me fixera coincidir con aquel estúpido accidente. Por riba, a tormenta que se viñera xestando durante toda a tarde acabou por estoupar enriba das nosas cabezas. Un vento repentino abanou os coches con forza inusitada. Unha tromba de auga como eu nunca vira caeu sobre o lugar onde estabamos, acompañada por uns lóstregos que de cada pouco fendían a escuridade do ceo. Os tronos, violentos e próximos, facían vibrar os cristais e retumbaban no interior do coche.

Tentado estiven de abandonar o meu vehículo e marchar a pé ata Valença do Minho, onde podería coller un taxi. Pero non o fixen, e permanecín pechado no coche durante un tempo que se me figurou interminable, dominado por un nerviosismo cada vez maior. Eran case as doce da noite cando por fin deron desbloqueado a vía e puiden continuar o meu camiño.

Percorrín os poucos quilómetros que me separaban de Goián co corazón oprimido e cunha sensación de angustia como poucas veces sentira. A chuvia amainara algo, mais aínda se vían lóstregos pola outra banda do río. O corazón enchéuseme de alegría cando albisquei ao lonxe as luces familiares da clínica, o lugar onde Laura me agardaba, e que agora era tamén o meu centro do mundo.

# Capítulo 22

Cheguei á clínica tan alterado que nin falar podía, dominado por unha inexplicable sensación de angustia, malia non haber ningunha causa obxectiva para sentirme así. Durante a longa espera na estrada, atrapado no medio da inacabable columna de coches, repasara unha e outra vez a conversa con Carlos, tratando de convencerme do absurdo dos meus temores. Unha tentativa inútil, pois só conseguín incrementalos ata o punto de perder o control dos meus actos.

Nada máis baixar do coche, achegouse un dos celadores e indicoume que o doutor Montenegro agardaba por min no seu despacho. Aquel aviso rematou de desacougarme, nin sequera me pareceu normal que o doutor estivese de pé a aquelas horas. Non podía presentarme ante el nun estado tan lamentable, impropio dun profesional coma min. Subín ao meu apartamento e tomei un par de tranquilizantes. Cando comecei a notar o seu efecto, baixei ao despacho do director.

En canto abrín a porta, comprobei que o doutor Montenegro estaba de pé, a caróda fiestra, e que o seu rostro aparecía marcado por unha expresión onde se mesturaba a inquietude e o desgusto. Dirixiuse a min en canto me viu entrar:

—Por fin está vostede aquí! Temía que lle ocorrese algo, á vista da tormenta que caeu. —Fitoume en silencio, cunha rara intensidade na súa mirada. Notei que se esforzaba en buscar as palabras coas que continuar. Finalmente, engadiu con voz grave–: Mandeino chamar porque teño que darlle unha desagradable noticia. Laura Novo desapareceu do hospital, debeuse fugar aproveitando o apagón xeral que se produciu hai unhas horas. Pensei en avisar a Garda Civil, pero finalmente decidín agardar por vostede para tomarmos unha decisión conxunta.

A noticia deixoume pasmado e sen capacidade de reacción. Só puiden tatexar algunhas preguntas incoherentes, mentres tentaba recuperar a axilidade mental necesaria para atender ao que o doutor me explicaba. Polo que me relatou, aquel día Laura estivera moito máis tranquila que nos anteriores; os síntomas da crise non fixeran aparición, coma se a paciente comezase a superar a profunda recaída que tivera.

—A media mañá incluso me pediu permiso para pasar un tempo no Roseiral. Eu autoriceina, coa condición de que fose acompañada por unha enfermeira —continuou o doutor—. Polo que sei, estivo sentada alí, lendo ata a hora do xantar. Comeu con normalidade e, despois de repousar arredor dunha hora, solicitou permiso para achegarse ata o miradoiro das buganvíleas, ese lugar onde pasaba tanto tempo con vostede. Retirouse preto das sete; comentoulle á enfermeira que se sentía cansa e quería marchar para o seu cuarto. Pediulle tamén que lle subise unha cea lixeira, cousa que a muller fixo arredor das nove.

»Todo iso ocorreu antes de quedarmos sen luz, como consecuencia da gran tormenta que tivemos hoxe, non sei se en Porto foi tan forte como aquí. Xa vou maior, pero non lembro unha así en toda a miña vida: un vento tolo que apareceu de repente, unha sucesión ininterrompida de lóstregos terribles, o ruído dos tronos que facía tremer o edificio enteiro… Mesmo facía pensar na apocalipse!

»Eran as dez menos cuarto cando un raio caeu no pararraios da torre e provocou unha sobrecarga que inutilizou toda a instalación eléctrica da clínica. Os sistemas de vixilancia, o circuíto pechado de televisión, as barreiras electrónicas: todo deixou de funcionar. Activamos as solucións de emerxencia previstas para estes casos, pero non puidemos evitar que, durante máis dunha hora, a situación estivese fóra do noso control. Xa ían ser as once cando se conseguiu reparar a avaría e restablecer todos os sistemas.

»O primeiro que fixen, como manda o protocolo de seguridade, foi ordenar unha inspección minuciosa por todas as dependencias, para comprobar as posibles anomalías. Foi entón cando se descubriu que Laura non se atopaba no seu cuarto, e tampouco en ningunha das outras salas da galería. A súa ausencia provocou a miña alarma inmediata, porque indicaba que algo raro sucedera. Xa sabe que, en caso de accidentes coma o de hoxe, as portas de seguridade que dan acceso ás galerías quedan bloqueadas automaticamente. É case imposible que alguén desapareza.

»Axiña puidemos comprobar que Laura non marchara dun xeito repentino, aterrorizada quizais pola escuridade e o abouxador ruído dos tronos, como pensamos nun primeiro momento. Todo o que encontramos na nosa inspección levounos a pensar que se trataba dunha fuga preparada con anterioridade. Digo isto porque a porta da galería aparecía forzada desde o exterior, xa verá logo a desfeita que causaron nela. Con seguridade, contaba coa axuda externa doutra persoa; mesmo pensei en Carlos Valcárcel, a quen vostede foi visitar hoxe.

Incapaz de escoitar máis, deixei o doutor coa palabra na boca e botei a correr coma un desesperado. Apenas me fixei na porta de entrada á galería, obsesionado por chegar canto antes ao cuarto de Laura. Unha vez dentro del, permanecín alí durante o tempo necesario, revisando minuciosamente ata o máis pequeno recanto, fixándome en todos os detalles, buscando calquera indicio que me puidese axudar a entender o que ocorrera alí durante as horas anteriores. E entendino, claro que o entendín, porque no cuarto había sinais sobrados para adiviñar a terrible realidade. Foi daquela cando souben con certeza que nunca volvería ver a Laura e cando comprendín que a miña vida xa nunca máis podería ser igual.

Fiquei sentado na cama ata que conseguín reunir as forzas necesarias para enfrontarme ao que me agardaba.

Despois volvín ao despacho do doutor Montenegro e, con expresión calmada, díxenlle que eu tamén compartía a súa opinión sobre a fuga de Laura, parecía evidente que o fixera coa axuda externa de alguén. Mesmo lle dei a razón nas súas sospeitas sobre Carlos Valcárcel, aínda que para iso tiven que mentirlle sobre a miña estancia en Porto, asegurándolle que foran infrutuosos todos os meus intentos por dar con el.

Foi doado continuar coas mentiras. Alí mesmo suxerín a teoría de que probablemente Laura e Carlos estivesen en contacto por algunha vía que non controlabamos, agardando o momento oportuno; un momento que, por unha fatal casualidade, se lles presentara aquela noite. Aventurei a hipótese de que quizais Laura xa se encontraba mellor, malia a última recaída, e posiblemente desexaba comezar unha nova vida preto da persoa que quería. Como a terapia se dilataba, e sabía que non a deixariamos marchar ata considerármola curada, decidira cortar dun xeito drástico e abandonarnos.

Era consciente de que aquela hipótese non se sostiña; aínda así, insistín nos meus argumentos. Malia as anómalas circunstancias da fuga, todo era perfectamente explicable. Así que, na miña opinión, non resultaba aconsellable avisar a Garda Civil nin dar publicidade ningunha a aquela desaparición; un feito así podería ser negativo para o bo nome da clínica. Mellor sería non facer nada e deixar as cousas como estaban, á espera de que Laura ou Carlos se puxesen en contacto con nós, como posiblemente farían nos vindeiros días.

Axiña comprobei que esa era a opinión que o doutor agardaba de min, porque esbozou un sorriso amable e indicoume que ao día seguinte redactariamos un informe interno que recollese aquelas hipóteses tan razoables. Logo de recomendarme que procurase descansar, desexoume boas noites e deu por rematada a conversa.

Marchei para o meu cuarto e permanecín esperto toda a noite, coa luz apagada, mirando a través da fiestra como as nubes, impulsadas polo vento, atravesaban o ceo como sombrías presenzas cargadas de ameazas. E alí, illado naquela escuridade, mentres contemplaba o eterno espectáculo das forzas da natureza, prometín que gardaría silencio para sempre, que nunca ninguén coñecería dos meus labios a terrible verdade que vira confirmada na miña visita ao cuarto de Laura.

# Capítulo 23

TRANSCORRERON tres anos desde os feitos que acabo de relatar. Tres anos terribles, nos que procurei esquecelo todo, incapaz de soportar o peso dunha realidade tan atroz, buscando con desespero o acougo que só o esquecemento me podería traer. Abandonei a práctica da psiquiatría; érame imposible continuar exercendo unha profesión que negaba todo o que eu agora sabía e só ofrecía a cambio piadosas explicacións, tan pobres e afastadas da realidade coma as de calquera mitoloxía. Viaxei por Europa adiante, traballei nos oficios máis diversos, mesmo me asaltou a liberadora tentación do suicidio en máis dunha ocasión. Pero foron movementos inútiles: o ansiado esquecemento non chega e a terrible realidade permanece como gravada cun ferro candente no meu cerebro. De aí que tomase a decisión de escribir todo canto sei, de botalo para fóra dunha vez, sen calar nin o máis pequeno detalle do que vin aquela noite.

Teño repasado unha e outra vez aqueles longos minutos que permanecín no cuarto de Laura, coa inútil esperanza de atopar algún punto que destrúa a miña certeza. Ben sei que a calquera fenómeno estraño se lle pode buscar unha explicación tranquilizadora, sempre hai respostas axeitadas cando se queren pechar os ollos diante da realidade. Pero iso é mellor deixárllelo aos responsables da clínica ou aos defensores da psiquiatría oficial; a min resúltame imposible practicar tal exercicio de cegueira. De existir só unha proba, aínda podería intentarse, pero todos os indicios xuntos eran demasiado. Habería que ser moi cego para non velo, sabendo todo o que eu sei.

Porque agora comprendo que Laura e Carlos dicían a verdade, e que hai por baixo de nós unha realidade atroz —a Gran Besta, o Maligno ou o nome que se lle queira dar á orixe de toda maldade— que permanece durmida e que, cando algo a esperta do seu sono, sae ao exterior para zugar a vida de certas persoas e sementar o mal no corazón de todos. Como durmir, como ter acougo, sabendo o que hai debaixo da tranquilizadora superficie onde se desenvolve a nosa vida?

Calquera que lea isto poderá pensar que esaxero, que agora son eu quen teño as teimas de Laura, que unha neurose obsesiva tamén se instalou no meu cerebro. Pero ninguén mellor ca min sabe que non hai tal neurose, que o meu desacougo nace só dos descubrimentos que fixen aquela noite, da certeza terrible de que non estamos sós no mundo, senón que hai outra realidade que, de coñecérmola, nos obrigaría a cambiar por enteiro a nosa concepción da vida.

Sei que desde aquel descubrimento xa nada pode ser igual para min. Como podería botar fóra da memoria todo o que vin aquela noite? Cando entrei na galería, descubrín que a porta de aceiro, ademais dos estragos da pechadura, tiña unhas profundas fendas que a atravesaban de arriba a abaixo, como feitas por uns coitelos ao penetraren na manteiga. E por toda a galería había un cheiro noxento e nauseabundo, imposible de describir, pero que axiña recoñecín porque xa o ulira por primeira vez na miña visita á cova. Ese cheiro ía aumentando a medida que me aproximaba ao cuarto de Laura, e dentro del convertíase nun fedor irrespirable que, contra a miña vontade, me suxería as realidades máis inhumanas e espantosas.

E logo, cando examinei o cuarto con detalle, puiden ver no chan aquelas pegadas que me xearon o sangue. Unhas pegadas marcadas cunha especie de cinsa gris que recoñecín decontado, e que só podían pertencer a un ser enorme e distinto de todos os coñecidos. Unhas pegadas que non só suxerían, senón que confirmaban o que sospeitara desde o primeiro momento. Aínda non sei ben como, obedecendo un impulso descoñecido, fun capaz de coller unha toalla e borrar minuciosamente aquelas marcas que sinalaban como un libro aberto a atroz realidade. Era mellor destruílas, deixar que as outras persoas seguisen vivindo coa tranquilizadora crenza de que somos os reis da creación, o elo derradeiro da escala evolutiva.

Ben sei que haberá persoas dispostas a atopar explicacións para todo o que vin, quen desexe encontralas só precisa dun piadoso exercicio de fantasía. Unha porta estragada, un cheiro nauseabundo, uns restos de cinsa, unhas raras pegadas no piso. Para min xa serían probas suficientes para entender o abismo de pavor que tiña diante; un abismo que, agora seino ben, me ha de acompañar durante toda a vida. Mais o que foi decisivo, o que me obrigou a abandonar toda esperanza, o que non ten outra explicación que o espanto inseparable que vai comigo desde aquel día, foi o que descubrín nun dos recunchos do dormitorio, debaixo da mesa de noite, e que me fixo entender que xa era ridículo preocuparse pola sorte de Laura. Porque o que atopei alí foi un pequeno obxecto brillante que recoñecín decontado: o colgante de prata co tríscele celta que Laura me regalara nunha tarde feliz, o mesmo colgante que eu vira caer, sima abaixo, na miña visita á cova de Fornos, ese lugar terrible onde a Gran Besta agarda confiada un novo espertar!

# Índice

Agustín Fernández Paz (Vilalba, 1947) é perito
industrial e licenciado en Ciencias da Educación.
Tras máis de trinta anos de traballo
no ámbito educativo, na actualidade
dedícase unicamente á escritura.
É autor dunha longa obra narrativa, na súa
maior parte traducida a todas as linguas ibéricas.
A primeira das súas novelas publicadas dentro
da colección Xerais-Fóra de Xogo, *Cartas de inverno*,
obtivo o Premio Rañolas ao mellor libro xuvenil
de 1995, sendo considerada pola crítica como
unha das obras clásicas do xénero de terror.
Dentro de Xerais-Fóra de Xogo publicou outras catro
novelas, *O centro do labirinto* (1997),
*Aire negro* (2000), Lista de Honra do IBBY 2001,
Lista The White Ravens 2001 e Premio Protagonista
Jove 2002, outorgado polos lectores cataláns,
*Noite de voraces sombras* (2002) e *Corredores de sombra*
(2006), Premio Frei Martiño Sarmiento 2007,
así como os libros de relatos
*Amor dos quince anos, Marilyn* (2001),
*Rapazas* (2003) e *Tres pasos polo misterio* (2004).
*Contos por palabras*, o libro polo que obtivo
o Premio Lazarillo en 1990
e a Lista de Honra do IBBY en 1992,
foi traducido ao francés pola editorial Joie de Lire
e seleccionado entre a centena de títulos considerados
como os mellores da literatura infantil do século XX.
Outras das súas novelas premiadas foron:
*As flores radioactivas* (Premio Merlín 1989),

*Trece anos de Branca* (Premio Edebé de literatura xuvenil 1994), *Cos pés no aire* (Premio Raíña Lupa 1998), *O meu nome é Skywalker* (Premio O Barco de Vapor 2003) e *A escola dos piratas* (Premio Edebé de literatura infantil, 2005).

No ano 2008 recibe o Premio Nacional de Literatura Infantil e Xuvenil por *O único que queda é o amor* (Premio da AELG e Premio Neira Vilas ao mellor libro xuvenil do ano 2007).

Os seus últimos libros publicados son *Lúa do Senegal* (Xerais-Sopa de libros, 2009), *A dama da Luz* con Jorge Magutis (Xerais, 2009), *Valados* (Xerais-C. Merlín, 2009) e *Desde unha estrela distante* (Xerais-Sopa de libros, 2013)

*Non hai noite tan longa* é á súa última obra publicada na colección de narrativa en Edicións Xerais, 2011.

Entre outros recoñecementos á súa traxectoria, recibiu o Premio Irmandade do Libro (2003), outorgado pola Federación de Libreiros de Galicia; o Premio Xosé María Álvarez Blázquez (2008), outorgado pola Asociación Galega de Editores, a Letra E (2009) da Asociación de Escritores en Lingua Galega e VII Premio Iberoamericano de Literatura Infantil e Xuvenil.

Nos anos 2009 e 2011 foi o candidato da OEPLI ao Astrid Lindgren Memorial Award.

En 2011 foi escollido pola OEPLI como o candidato español ao Premio Andersen 2012.

A obra *Fantasmas de luz* con ilustracións de Miguelanxo Prado, foi a gañadora dos Premios da Critica Galicia 2012 no apartado de Creación Literaria.

*O rastro que deixamos* (Xerais, 2012) é a súa última obra publicada.